SILKE NEUMAYER

Liebe Liebe

Buch

Sophie Liebe ist vierunddreißig, Scheidungsanwältin und Single aus Überzeugung. Schließlich hat sie jeden Tag in ihrer Kanzlei das Elend (noch) verheirateter Paare vor Augen. Und wie sagte schon Oscar Wilde: »Man sollte stets verliebt sein. Das ist der Grund, warum man nicht heiraten sollte.« Dem kann Sophie nur aus vollstem Herzen zustimmen – und die stetig steigenden Scheidungsraten geben ihr Recht. Sophie wechselt die Männer mindestens halbjährlich, und spätestens dann, wenn sich der graue Alltag und die ausgebeulten Jogginghosen einschleichen. Und bisher war sie mit ihrer Methode auch äußerst glücklich, bis ihre Mutter – eine erfolgreiche Heiratsvermittlerin, die bisher nur bei ihrer eigenen Tochter gescheitert ist – plötzlich im Krankenhaus liegt. Sophie ist außer sich vor Sorge und will ihrer Mutter ihren sehnlichsten und wahrscheinlich letzten Wunsch erfüllen: zu heiraten. Also erzählt sie ihr am Krankenbett von ihrer angeblich bevorstehenden Hochzeit – und ihre Mutter schließt glücklich die Augen. Und öffnet sie am nächsten Morgen bestens gelaunt wieder. Wann ist der große Tag? Und wer ist der Bräutigam? Sophie ist zu Tode erschrocken, doch aus ihrer selbst gebauten Falle gibt es keinen Ausweg. Sie braucht einen heiratswilligen Mann, und zwar sofort …

Autorin

Silke Neumayer wurde 1962 in Zweibrücken geboren. Sie studierte Kommunikationswissenschaften in München und arbeitete als Werbetexterin, bevor sie sich als Drehbuchautorin für Film und Fernsehen selbstständig machte. Gleich mit ihrem ersten Roman »Küss mich, Baby!« eroberte sie die Herzen der deutschen Leserinnen im Sturm. Die Autorin lebt mit ihrem Mann und ihrer kleinen Tochter in München.

Silke Neumayer

Liebe Liebe

Roman

GOLDMANN

Umwelthinweis:
Alle bedruckten Materialien dieses Taschenbuches
sind chlorfrei und umweltschonend.

1. Auflage
Originalausgabe September 2004

Umschlaggestaltung: Design Team München
Umschlagillustration: Mauritius/Swan
Satz: Buch-Werkstatt GmbH, Bad Aibling
Druck: GGP Media, Pößneck
Verlagsnummer: 45738
JE · Herstellung: Max Widmaier
Made in Germany
ISBN 3-442-45738-6
www.goldmann-verlag.de

Harry ./. Sally

THE END

Schnief.
Schluchz.

Schniieeeeeeef.

Ich tupfe mir die letzten Tränen aus den Augenwinkeln und schnäuze mich noch mal kräftig.

Ach.

»Das war das letzte Mal. Das allerletzte Mal. Das schwöre ich dir.«

Diesmal ist Anna wirklich sauer.

Heul.

Schnief.

Schluchz.

»Aber ich kann doch nichts dafür!«, jammere ich um Mitleid heischend. Ich bin immer noch nicht ganz bei mir. »Mein Gott, wie er sie am Schluss geküsst hat.«

Anna zerrt mich am Arm, und wir quetschen uns an den Sitzen vorbei. Ringsum böses Zischen.

»Ich brauch noch ein Taschentuch«, nuschle ich zu Jule rüber, die sich ängstlich umsieht, bevor sie mir eines reicht.

Wir versuchen, möglichst schnell aus dem dunklen Saal rauszukommen, bevor der Abspann abgelaufen ist, und das Licht angeht.

Mittlerweile ist das Zischen in lautstarke Beschimpfungen übergegangen. Heulsuse ist noch das Netteste, was an mein Ohr dringt. Oje. Die Stimmung des Pöbels kann schnell in Mordlust umschlagen. Ich habe schon öfter das Kino im Laufschritt verlassen müssen. Einmal brütete ich sogar drei Stunden lang eingesperrt auf einer übel müffelnden Herrentoilette vor mich hin, bis die Gefahr vorüber war.

»Mein Gott, Sophie, das ist ein Film, ein romantischer, und er war auch mitreißend, aber das ist nun wirklich kein Grund, sich so aufzuregen. Jedes Mal, aber wirklich jedes Mal flennst du im Kino so laut, dass die anderen anfangen, mit Popcorn um sich zu schmeißen, damit du endlich Ruhe gibst.« Anna fischt gerade etwas, das wie eine gammelige, abgelutschte und mehrfach totgetretene Zigarettenkippe aussieht, aus ihren langen roten Haaren.

»Igitt, ist das widerlich!«

Anna wirft die Kippe reflexartig in hohem Bogen von sich – direkt in den Kragen eines Typen, der neben uns in der Schlange für einen Erotikfilm ansteht.

»Aber alleine ins Kino gehen macht einfach keinen Spaß.«

»Du bist nicht alleine im Kino, genau das ist ja das Problem!«

»Ich versteh ja, wenn die Leute sauer werden, aber ich kann einfach nichts dagegen machen, und …«

»Es gibt Videos und DVDs.«

»Das ist nicht dasselbe.«

»Okay, aber das nächste Mal ohne mich.«

Ich schaue Anna an.

»Hannibal … Der sechste Sinn … Alien fünfundzwanzig …«

Anna seufzt und gibt sich geschlagen. Im Gegensatz zu mir liebt sie Thriller, aber sie braucht jemanden, der dabei neben ihr sitzt und Händchen hält.

»Ihr schaut euch Thriller an – ohne mich?« Jule sieht mich mit großen Augen an. »Ich meine, so richtig eklige, gruselige, mit Blut und Toten und so? Das wusste ich ja gar nicht!«

Ich zucke mit den Schultern.

»Du hast das letzte Mal drei Nächte nicht schlafen können und uns gebeten, dich nie wieder mitzunehmen, es sei denn, wir schlafen für die nächsten paar Wochen alle zusammen in deinem Bett.«

»Ist wahrscheinlich besser so.« Jule seufzt ergeben. Sie hat sowieso grundsätzlich das Gefühl, dass die besten Dinge des Lebens ohne sie stattfinden.

Ich kann die anderen Leute im Kino ja verstehen. Ich hasse die Popcorntütenraschler auch. Und die Handyklingler, die gerade, wenn Brad Pitt sein T-Shirt auszieht, irgendwelche Geräusche machen müssen. Von den Pupsern mal ganz abgesehen – die sind ja nicht nur auditiv, sondern auch olfaktorisch eine Plage. Aber immerhin läuft es bei ihnen bewusst ab, und sie könnten es jederzeit abstellen (zumindest die mit dem Handy und dem Popcorn).

Aber ich kann einfach nichts dafür.

Ich muss immer heulen bei Liebesfilmen – und Liebesfilme sind nun mal meine Lieblingsfilme.

Ich habe schon mal einen Eigentherapieversuch unternommen und mir den Englischen Patienten an einem Wochenende elf Mal hintereinander angesehen – mit dem Ergebnis, dass ich am Montagmorgen mit einer Tränendrüsenentzündung aufgewacht bin und die gesamte Woche in der Kanzlei eine dunkle Sonnenbrille tragen musste. Mein Gott, diese Szene, wo sie alleine und einsam in der Höhle auf ihn wartet und langsam das Licht ausgeht …

Wir treten aus dem Kino raus in die frische Nachtluft.

»Ich verstehe überhaupt nicht, wieso ausgerechnet du bei Liebesfilmen immer weinst.«

Anna schüttelt den Kopf.

Aus dem Augenwinkel sehe ich, wie sich dabei zwei, drei verlorene Popcorns aus ihren Haaren lösen und durch die Luft fliegen. Zum Glück bemerkt sie es nicht.

»Ich kenne niemanden, der von der Liebe so wenig hält wie du.«

»Das liegt daran, dass Sophie einfach noch nicht den Richtigen gefunden hat«, mischt Jule sich ein.

»Das ist doch Quatsch!« Ich bleibe abrupt stehen. »Den Richtigen gibt es überhaupt nicht, und Liebesfilme mag ich genau deshalb, weil sie überhaupt nichts mit der Realität zu tun haben. Ganz und gar nichts. Das ist einfach Hollywood, und deswegen kann ich es so genießen. Das Leben sieht völlig anders aus, glaubt mir, ich habe es täglich vor Augen. Habt ihr euch mal überlegt, warum Liebesfilme immer genau dann aufhören, wenn sich die beiden gefunden haben? Ist doch ganz klar, weil dann erst die richtigen Probleme losgehen. Ich gehe jede Wette ein, Harry und Sally sind mittlerweile auch schon geschieden.«

»Du bist eine Pessimistin.«

»Quatsch, eigentlich ist Sophie eine Optimistin, die sich nur nicht traut, zuversichtlich zu sein«, wirft Jule ein.

»Weder noch. Ich bin einfach eine Realistin.« Das musste mal klar gestellt werden.

»Apropos Realität ... Ich glaube, wir sollten schnellstens zum Auto.« Anna deutet nach hinten in Richtung Kino, wo die anderen Leute jetzt rausdrängen.

Wir quetschen uns in Annas Mini. Im Rückspiegel sehe ich, wie die Meute nach mir Ausschau hält.

Ich schätze, da sind wir noch mal knapp dem Tod entronnen.

»Ich bringe ihn um! Erschießen oder erwürgen werde ich ihn, oder noch besser, ich überfahre ihn mit seinem alten Porsche, seinem Lieblingsspielzeug. Das hat Stil! Wo er darauf doch so besonderen Wert legt. Seine Krawatten musste ich ihm immer passend zu seinen Hemden kaufen, italienische Seide. Oder vielleicht in der Badewanne mit dem Föhn, ganz klassisch. Oder ich erdrossle ihn mit dem Tanga, den ich letzte Woche in der Garage gefunden habe, hinter den Winterreifen, als ob ich dort nicht suchen würde!«

»Beruhigen Sie sich, Sie müssen ihn nicht umbringen, dafür haben Sie ja jetzt mich ...«

Frau Müller-Schleißheim sieht mich mit großen Augen hoffnungsvoll an.

Ich lächle ihr aufmunternd zu.

Frau Müller-Schleißheim ist nicht zu bremsen.

»Ich hasse Singles. Ist doch wahr, die jammern den ganzen Tag, während sie in ihrer schnieken 180-Quadratmeter-Designer-Altbauwohnung auf den Prinzen im weißen Saab Cabrio warten. Dieses dauernde Gejammer: Ach, ich bin so einsam, ach, ich bin so allein ... Ich wünschte, ich wäre wenigstens mal fünf Minuten alleine! Ich kann mich überhaupt nicht mehr daran erinnern, wann ich mal fünf Minuten für mich hatte. Seit Benjamin auf der Welt ist, habe ich ja nicht mal mehr als fünf Minuten am Stück geschlafen! Drei Kinder im Abstand von drei Jahren, da wird Schlaf unerreichbarer als ein Date mit Johnny Depp. Ich war auch mal Single, daran kann ich mich noch gut erinnern. Es war eine Zeit voller Hoffnung, Partys und zu kurzen Kleidchen. Cocktails trinken und auf den Mann des Lebens warten und ganz nebenbei Karriere machen. Die meisten Singles haben einen monatlichen Kleideretat, der doppelt so hoch ist wie mein Haushaltsgeld! Wir leben zu fünft auf hundertfünf Quadratmetern, in einem Reihenmittelhaus, mit zwei Zwergkaninchen und einem Hamster. Single sein, das waren noch Zeiten. Und dann kam Bernd, mein Traummann. Zumindest habe ich das damals gedacht, als wir uns auf einer Silvesterparty bei Freunden kennen gelernt haben. Drei Monate später waren wir verheiratet. Mein Gott, was war ich verknallt und blöde. Den Ehevertrag habe ich blind unterschrieben, schließlich ist es so unromantisch, an Geld zu denken, wenn man verliebt ist. Und jetzt das … erzählt mir einfach, er hat sich neu verliebt, in eine 22-Jährige. Die hat keine drei Kinder und keine Augenringe, wahrscheinlich turnt sie den ganzen Tag im Fitness-Studio rum. Und wenn nicht dort, dann turnt sie wahrscheinlich auf Bernd rum!«

Frau Müller-Schleißheim entfährt ein tiefer Seufzer.

Ich nicke und höre Frau Müller-Schleißheim weiter zu.

Das ist das, was sie jetzt am nötigsten braucht.

Es ist immer das Gleiche. Alle, die irgendwann hier in der Kanzlei vor mir sitzen, haben den- oder diejenige mal geliebt, den sie jetzt keine Sekunde länger ertragen können oder den sie am liebsten umbringen würden, weil sie ihn nicht auf den Mond schießen können.

So ist das mit der Liebe.

Sie ist ein flüchtig Ding.

Ich weiß nicht, wer die Ehe erfunden hat, aber meiner Meinung nach gehört der- oder diejenige sofort in die nächste Psychiatrie eingeliefert. Der Glaube daran, dass zwei Menschen sich bis an ihr Lebensende lieben könnten – und dabei noch zusammenleben und Kinder haben –, hat doch etwas Wahnhaftes. In Deutschlands Großstädten wird mittlerweile jede zweite Ehe geschieden, auf dem Land ist es jede dritte. Tendenz steigend. Und das sind nur diejenigen, die noch die Kraft für die Scheidung haben. Der Rest vegetiert wahrscheinlich im wunschlosen Unglück vor sich hin.

Ich weiß, wovon ich rede.

Ich heiße Sophie Liebe, bin trotz meines Nachnamens Scheidungsanwältin, zweiunddreißig und Single aus tiefster Überzeugung.

Mich würde man nur bewusstlos, gefesselt, geknebelt und mit einer Achtunddreißiger am Kopf vor einen Standesbeamten kriegen, geschweige denn vor einen Traualtar.

Ich weiß, dass ich mich damit von den meisten Frauen unterscheide, aber wenn ich ehrlich bin, weiß ich nicht, warum. Warum wollen die meisten Frauen heiraten?

Man muss doch nicht Scheidungsanwältin sein, um das Elend der Ehe vor sich zu sehen.

Man muss sich nur umschauen.

Anna, meine wundervolle rothaarige Freundin zum Beispiel, ist einunddreißig und seit sechs Jahren mit Joachim verheiratet. Sie hatten in den letzten zwei Jahren drei Mal Sex und haben mittlerweile neun verschiedene Paartherapeuten verbraucht.

Jule hingegen ist nicht verheiratet, aber sie hat seit drei Jahren eine Affäre mit einem verheirateten Mann, der ihr immer wieder verspricht, morgen endlich seine Frau zu verlassen.

Ich könnte allein aus meinem Privatleben tagelang solche Beispiele aufzählen.

Dabei habe ich nichts gegen Männer. Ganz im Gegenteil. Ich halte sie für die aufregendste Erfindung der Natur. Aber das Ganze muss man doch mal realistisch betrachten.

Wie soll ich schließlich wissen, ob der Mann, den ich gerade ganz toll finde, auch der Mann ist, den ich in zehn Jahren noch toll finden werde?

Also, mit fünfzehn war ich das erste Mal total verknallt in Manfred Schlemmermeyer. Ein Wahnsinnstyp. Eine Klasse über mir. Er qualmte wie ein Schlot (und zwar alles, was ihm zwischen die Finger kam) und fuhr heimlich den Mercedes seines Vaters (ohne Führerschein). Und er hatte blond gesträhnte Haare, weil er ständig am Baggersee rumhing und die Mädels anbaggerte.

Und heute? Manfred hat inzwischen eine Halbglatze, führt die Metzgerei seines Vaters weiter, und weil er zu viel Schweinefleisch isst, nähert er sich äußerlich langsam, aber sicher dieser Spezies an: zartrosafleischfarbene Haut, einhundertunddrei Kilo Lebendgewicht und ein Ringelschwänzchen (dies ist nur eine Annahme, aber ich stelle es mir immer vor, wenn ich meine Mutter besuche und ihn beim Einkaufen in seiner Metzgerei wiedersehe).

Aber zugegeben, der Fleischsalat, den er macht, ist wirklich Eins A. Nicht auszudenken, wenn ich ihn damals im jugendlichen Leichtsinn geheiratet hätte. Dann wäre ich heute Frau Schlemmermeyer und müsste mir den lieben langen Tag lang anhören: einhundert Gramm Gelbwurst bitte und ein Viertel Lyoner. Ach, und haben Sie noch ein gutes Stück Tafelspitz?

Und nachts im Bett müsste ich immer quieken.

Also ich weiß nicht, ob ich das über einen längeren Zeitraum aushalten könnte.

Mann verändert sich eben.

Menschen verändern sich.

Das ist das einzig Sichere im Leben.

Wie soll man sich da auf einen Mann festlegen?

Für den Rest des Lebens?

Ich kauf doch auch nicht ein paar Schuhe und trage sie dann bis ins Grab, nur weil ich mich auf den ersten Blick in sie verliebt habe. Was in meinem Leben durchaus schon vorkam.

Genauso ist es mit den Männern. Man verliebt sich, weil sie so schöne blaue Augen haben oder weil der linke Schneidezahn etwas schief steht oder weil sie dir bei einem Glas Wein zu viel an einem lauen Sommerabend erklären, wo Kassiopeia ist. Und dann fühlst du dich die erste Zeit wie eine Königin, bis du – um wieder zu den Schuhen zurückzukehren – in Hundekacke trittst, der Absatz abbricht oder zufällig im Schaufenster ein neues Paar steht, das dir schlaflose Nächte bereitet.

Männer sind toll, aber man sollte mit keinem von ihnen mehr als drei Monate verbringen. Oder zusammenziehen. Eine gemeinsame Wohnung ist ausgeschlossen.

Oder gar heiraten!

Wie hat schon Oscar Wilde gesagt: »Man sollte stets verliebt sein. Das ist der Grund, warum man nicht heiraten sollte.«

Und wenn man trotzdem heiratet, sitzt man mit ziemlich hoher Wahrscheinlichkeit irgendwann vor mir oder einem anderen Scheidungsanwalt. Wie Frau Müller-Schleißheim.

Verletzt.

Verlassen.

Verheult.

Frau Müller-Schleißheim seufzt ein letztes Mal.

Sie braucht wirklich Trost. Nicht nur, dass hier der klassischste aller Scheidungsfälle vor mir sitzt. Ich nenne das die PKW-Scheidung: Älteres, reparaturbedürftiges Modell wird gegen fabrikneues umgetauscht und landet, ohne vorher über den TÜV zu fahren, auf dem Schrottplatz der Gefühle.

Auch der Ehevertrag ist eine Schweinerei. Wenn es danach ginge, müsste sie jetzt mit den Kindern unter die Brücke ziehen.

»Machen Sie sich keine Sorgen, überlassen Sie das Ganze einfach mir. Wenn ich mit Ihrem Mann fertig bin, wird er sich wahrscheinlich wünschen, er sei tot.«

Ich nicke ihr aufmunternd zu.

»Das wird schon wieder.«

Frau Müller-Schleißheim bringt so was wie ein schiefes Lächeln zustande und wankt aus der Tür.

Kurz nach Zwölf.

Zeit für meine spezielle Art der Mittagspause.

Ich stecke meinen Kopf aus der Tür –, der Flur ist leer. Wie schön, dass Menschen mittags Hunger haben. Die Kanzlei ist so gut wie ausgestorben.

Ich arbeite seit drei Jahren bei Sattmann & Partner – eine kleine, feine Anwaltskanzlei. Die sind hier eigentlich spezialisiert auf Wirtschaftssachen, und ich bin hier, um den Service etwas zu erweitern. Falls ein Wirtschaftsboss seine Vierzigjährigevollbusigeblondine in eine Zwanzigjährigevollbusigereblondereblondine umtauschen will (PKW-Scheidung auf Rollce-Royce-Niveau sozusagen). Nein, ganz so schlimm ist es nicht.

Die Kanzlei will nach und nach expandieren und immer mehr Spezialgebiete dazunehmen. Scheidungen wird es schließlich in Zukunft immer mehr geben, auch wenn in Deutschland damit leider nicht so viel Geld zu machen ist wie in Amerika.

Ich hole mir erst mal einen großen Milchkaffee und schleiche den Flur entlang Richtung Toilette.

Die neue Unisex-Toilette.

Frau Dr. Dr. Sattmann, die Frau unseres Seniorchefs, hing (wie schätzungsweise 98% der weiblichen Bevölkerung inklusive meiner Wenigkeit) jeden Dienstagabend vor der Glotze und guckte Ally McBeal, während Herr Dr. Dr. Sattmann sich über Akten oder vielleicht auch über seine Sekretärin beugte.

Und dieser exzessive Fernsehkonsum hatte ungeahnte Folgen:

Frau Dr. Dr. Sattmann (»Ingeborgchen«) führte beim Frühstück über einem weichen Ei ein ernstes Gespräch mit Herrn Dr. Dr. Sattmann (»Bärchen) und überzeugte eben jenes Bärchen, dass eine Unisextoilette das Betriebsklima in der Kanzlei erheblich verbessern würde. Ganz wie bei Ally. Woraufhin Herr Dr. Dr. Sattmann eine Abstimmung zu diesem Thema durchgeführt hat, und – leider, leider – Ingeborgchen haushoch gewonnen hat. Gegen meine Stimme. Der einzigen Gegenstimme überhaupt. Die männlichen Kollegen hier waren begeistert.

Sie erhofften sich wahrscheinlich ganz neue Einblicke in die Welt der Frauen, sowohl physischer als auch psychischer Natur.

Und die weiblichen Kollegen waren offenbar nicht zurechnungsfähig.

Die erträumten sich wahrscheinlich unglaubliche Affären am stillen Örtchen.

Nur ich war die einzig Vernünftige hier.

Nun gut, jetzt haben wir also seit zwei Monaten eine Unisex-Toilette, weshalb ich meine Mittagspause dazu nutzen muss, in Ruhe auf die Toilette zu gehen. Nachdem ich die ersten zwei Wochen versucht habe, überhaupt nicht mehr zu ...

Aber das ließ sich auf Dauer nicht wirklich realisieren.

Es ist schon schlimm genug, in den kleinen, engen, neonerhellten Toilettenkabuffs neben anderen Frauen das zu tun, was man eben auf der Toilette macht. Aber es neben männlichen Kollegen zu tun, ist absolut unmöglich.

Soll ich einen Tampon wechseln, während Frederick, das Frettchen, versucht, zu einem Date mit der Frau drei Türen weiter zu kommen? Soll ich meinen Lippenstift nachziehen, während Kollege Müller seiner Verdauung geräuschvoll freien Lauf lässt?

Unmöglich.

Da sieht man mal wieder, wie das Fernsehen uns alle nicht nur in romantischer Hinsicht betrügt. Bei Ally McBeal mag das lustig sein. In der Realität der Kanzlei ist es ein Trauerspiel.

Ich habe eine Unterschriftenaktion gestartet und freue mich, dass die Zustimmung wächst, aber leider unterschreiben nur die Frauen, und die sind hier leider in der Minderheit. Männer können eben immer pupsen – egal, wo sie sich befinden.

Ich will gerade die Tür aufmachen, als ich plötzlich fast frontal mit Frederik zusammenstoße.

Mein Milchkaffee schwankt bedenklich.

»Olalala...«

»Wähhhhhhh...«

Frederik leckt sich die Lippen.

Ich schüttle mich.

Frederik hat diesen kurzen körperlichen Zusammenstoß sichtlich genossen –, wahrscheinlich kommt für ihn dieser kurze Kontakt Sex am nächsten.

Frederik Wiedenkopf (wie wiederlich) ist ein Kollege (Wirtschaftsrecht) und gräbt mich an, seit ich hier angefangen habe. Auf seine Avancen kann ich mir wahrhaft nichts einbilden –, er würde alles flachlegen, was länger als eine Sekunde stillhält. Frederik, das Frettchen, ist das Schmierigste, was hier herumläuft: Tonnen von Gel im Haar, ein in Form rasiertes Bärtchen, das irgendwie schick sein will, aber an einem fliehenden Kinn einfach nicht wirklich zur Geltung kommt, und einen dauernden und penetranten Geruch nach einem teuren Rasierwasser hinter sich herziehend. Aber zum Glück ist er der einzige Kollege hier, den ich nicht besonders mag.

»Ahhhh … Sophie Liiiiebe! Ach, eine Frau mit diesem Namen und dann so lieblos … ein Eisberg, wie Nicole Kidman. Die habe ich übrigens neulich am Flughafen gesehen, ganz schön müde, naja, das Jet-Set-Leben schlaucht eben, hab ihr dann einen Drink spendiert, und …«

»Schönen Tag noch, Frederik.«

Ich versuche elegant, einen großen Bogen um ihn zu machen und in der Toilette zu verschwinden.

Frederik ist ein Promi-Pupser. In mindestens jedem zweiten Satz kommt irgendein Name vor, der in irgendeiner Form prominent ist und den er unter den abenteuerlichsten Verrenkungen in seinen Wortschwall und damit in sein kleines Leben einbaut.

»Sophie, willst du nicht mit mir Mittag essen, ich kenn da ein neues Lokal, da war schon der Till, ich meine der Schweiger, toller Typ, ein echter Kumpel …«

»Muss arbeiten.«

»Ach komm schon, nur eine halbe Stunde, selbst der Spielberg macht Mittagspausen, hat mir sein persönlicher …«

»Bin auf Diät.«

»Deswegen musst du doch kein Lunch ausfallen lassen, also die Liv Taylor, die macht ja jetzt die Glyx-Diät und …«

»Es geht wirklich nicht, gleich kommt Steffi bei mir vorbei und …«

»Steffi? Du meinst doch nicht etwa DIE Steffi?«

»Psst …«

Ich halte nur meinen Zeigefinger vor den Mund und zwinkere Frederik verschwörerisch zu.

»Das hast du nicht von mir …«

Ich rausche in die Toilette, einen völlig sprachlosen Frederik hinter mir lassend.

Uff. Ich schließe die Tür hinter mir. Das wäre geschafft. Den bin ich los. Der rennt jetzt bestimmt ins nächste Restaurant und erzählt allen, dass er gerade die Steffi … boing.

Die Tür geht mit einem Schwung wieder auf und trifft mich irgendwo zwischen den Schulterblättern.

Ich stolpere einen Schritt nach vorne.

Der Milchkaffee schwappt flutwellenartig über und landet in meinem Ausschnitt.

Frederik steht vor mir und starrt mich entgeistert an.

Die warme, klebrige (ich nehme immer zu viel Zucker, das sollte ich schon meiner Figur zuliebe bleiben lassen) Kaffeebrühe läuft mir langsam zwischen meinen Brüsten herab in Richtung Bauchnabel.

»Ähm … tja … ähm … ich wollte nur …«

Ich blicke Frederick nur an.

Ich würde gerne schreien, und irgendwo in mir drin tue ich das auch, aber sonst ist leider nicht wirklich was von mir zu vernehmen.

»Tut mir echt Leid ... bin noch verabredet ... mit dem Oli, dem Kahn.«

Endlich schließt er den Mund und die Toilettentür gleich mit dazu.

Ich dreh mich um und schaue in den großen Spiegel.

Na wunderbar. Das war mal meine teuerste Bluse. So kann ich unmöglich weiterarbeiten. Um zwei kommt eine Schlagersängerin, die nicht mehr geschlagen werden will, und deshalb die Scheidung einreicht.

In meinem Schreibtisch habe ich für solche Notfälle ein T-Shirt, aber was mach ich mit dem Rock? Der sieht auch aus, als wenn ich besser wieder Windeln tragen sollte.

Entweder, ich gehe jetzt so, wie ich bin, einkaufen, oder ich versuche zu retten, was zu retten ist.

Ganz klar, retten, was zu retten ist. Ich brauche schon fünf Minuten, um mich für die richtige Zahnpasta-Tube zu entscheiden. Ein Rock dauert mindestens eine halbe Stunde – Fahrzeiten nicht mit eingerechnet.

Das schaff ich nie.

Also ausziehen.

Ich stehe im Slip und BH am Waschbecken und versuche meine Klamotten auszuwaschen, ohne sie dabei völlig zu durchnässen (ein ziemlich sinnloses Unterfangen), als ich höre, wie die Tür aufgeht.

In letzter Sekunde reiße ich ein paar Papiertaschentücher aus dem Spender neben mir und halte sie mir vor die entscheidenden Körperteile, wobei ich mich nicht so recht entscheiden kann, welches die entscheidenden Teile sind, und so flattern meine Arme etwas hektisch zwischen meinem Ober- und Unterkörper hin und her.

Vor mir steht ein Mann.

Und was für ein Mann.

»Du?????????«

»Du!!!!!!!!!«

»Was machst du denn hier?«, platzen wir unisono heraus.

Wir starren uns an.

Das glaube ich nicht.

Vor mir steht Max Berger, Maximilian Berger.

Mein Ex.

Mein Exexexex.

Mein Exexexexexexex.

Der einzige Mann, mit dem ich länger als ein halbes Jahr zusammen war.

Viel zu lange.

Da steht er. Lässig wie immer. Coole Jeans. Weißes Hemd. Schiefes Grinsen. Schiefe Nase. Unrasiert. Und wer weiß, wo und wie er sich das letzte Mal die Haare schneiden ließ.

Seinem unerhörten Charme tut das aber keinen Abbruch – ganz im Gegenteil.

Max ist der einzige Mann, den ich kenne, der wahrscheinlich noch in einem rosa Negligé und mit Straußenfeder-Puschelchen an den Füßen männlich wirken würde. Im eigentlichen Sinne schön ist er nicht – dafür ist seine Nase zu schief und sein übriges Gesicht zu unregelmäßig –, aber er ist ein Mann, der Frauen nervös macht. Ziemlich nervös.

Am Anfang unserer Beziehung stand ich so unter Dauerstrom, dass ich mühelos fünf Kilo abgenommen habe, ohne dabei auch nur an Sport zu denken. Lag vielleicht daran, dass Max und ich von Beginn an (bis zum Ende) nicht mehr aus dem Bett aufgestanden sind, und ich dort mehr Verrenkungen gemacht habe als in sämtlichen Yoga-Kursen, die ich besucht habe. Und ein Orgasmus schlägt auf jeden Fall mit mindestens 131 Kalorien zu Buche. Je nachdem, wie er ausfällt. Mit Max waren es sicherlich einige mehr.

Aber leider waren wir uns ausschließlich im Bett einig.

Max und ich passen überhaupt nicht zusammen. Wir sind Gegensätze, die sich anziehen, und sich daraufhin umso heftiger wieder abstoßen.

Ich hasse Spinnen, während Max sogar schon mal welche gegessen hat – in Zentralborneo oder so.

Ich liebe Pauschalurlaube, wo ich in einem tropischen Club mit einem einzigen Blick einen Mojito bestellen kann, während Max quasi ohne Gepäck durch Gegenden reist, die Namen wie exotische Drinks haben, in denen man sich aber noch exotischere Krankheiten einfangen kann. Oder er bleibt gleich zu Hause, da er beruflich ja dauernd unterwegs ist.

Ich bin schlampig, während Max Unordnung nicht ausstehen kann.

Ich liebe shoppen und Schnäppchenjagd, während Max glaubt, dass H&M Damenbinden sind. Seine Schnäppchenjagd beschränkt sich auf die Jagd nach Mädels.

Ach, die Liste ist endlos.

Auf jeden Fall habe ich noch nie so wenig mit jemandem zusammengepasst wie mit Max. Das wurde eigentlich schon bei unserem ersten Date klar, das katastrophal endete. Nur wollte ich die Zeichen der Zeit damals nicht wahrhaben.

Max und ich, das geht nicht.

Aber dafür ging es viel zu lange.

Wir haben uns selbst nach unserer Trennung noch darüber gestritten, wer sich von wem getrennt hat. Dabei muss ich leider zugeben, dass Max als Erster den Schlussstrich gezogen hat. Aber nur fünf Minuten, bevor ich ihm sagen wollte, dass es nicht mehr so weitergeht. Damit hat er leider das Rennen gemacht. Der erste und einzige Mann, der sich je von mir getrennt hat. Normalerweise bin ich immer schneller. Nicht, dass ich darauf in irgendeiner Form gesteigerten Wert lege. Es ist einfach so. Ich habe eben schneller die Nase voll als die Jungs.

Ein paar mehr Augenfältchen und ein paar mehr graue Haare an den Schläfen hat er in den letzten drei Jahren schon bekommen, seit wir uns nicht mehr gesehen haben. Ich stelle das nicht ganz ohne Befriedigung fest, ohne darüber nachzudenken, wie sich die letzten drei Jahre auf mich ausgewirkt haben könnten.

Max schaut mich an. Dann grinst er.

So wie nur Max grinsen kann.

»Eure Empfangsdame hat mich wegen der Unisex-Toilette schon vorgewarnt. Aber ich dachte, die Betonung läge mehr auf UNI als auf SEX.«

Max lässt seinen anzüglichen Blick einmal an mir hoch (bleibt kurz am BH hängen) und dann wieder einmal an mir runterschweifen (bleibt dann am Slip hängen). Ich verschiebe dementsprechend meine Arme mit den Papierhandtüchern. Eigentlich völlig sinnlos, denn es gibt nichts, was Max in dieser Hinsicht nicht bekannt wäre.

Sein Grinsen wird breiter.

Oh shit. Ich habe zwar einen meiner besseren BHs an, aber mein Slip tendiert eindeutig in Richtung Schiesser

Feinripp. Und in letzter Zeit habe ich mein Bauch-Beine-Po-Training doch sehr vernachlässigt. (Um ehrlich zu sein, ich finde Fitness-Studios völlig sinnlos. Sicherlich nicht für meine Bauchmuskeln, aber mein Gehirn langweilt sich total, wenn ich immer wieder die gleichen Bewegungen mache, ohne dass sie irgendwohin führen. Diese fest montierten Fahrräder sind besonders schlimm – man strampelt, um nirgendwohin zu kommen. Das ist doch völlig verrückt. Ich war in den letzten sechs Monaten drei Mal dort, davon zwei Mal zur Massage. Im Grunde genommen hasse ich Sport und finde ihn völlig überflüssig –, nur darfst du das heutzutage nicht laut sagen, wenn du in unserer fitnessdurchseuchten Welt nicht gleich als Totalversagerin dastehen willst.

Zu allem Überfluss habe ich letzte Woche zum ersten Mal einen Selbstbräuner ausprobiert, der eine Art Streifenhörnchen aus mir machte. Scheiße.

Ich trete meinen Exfreunden (wie auch meinen zukünftigen) am liebsten perfekt entgegen. Auch wenn ich den Zustand der Perfektion leider noch nie erreicht habe. Aber immerhin versuche ich normalerweise das Beste aus mir rauszuholen. Schließlich erwarte ich das ja auch von anderen –, sonst könnte ich ebenso gut heiraten und mich gehen lassen.

»Ähm … ja … ähm …« Nicht besonders eloquent, aber man kann ja nicht immer durch Brillanz bestechen.

»Hast du seit unserer Trennung die Branche gewechselt?«

Max grinst immer noch anzüglich, aber wenigstens schaut er mir jetzt in die Augen.

»Ich arbeite hier«, sage ich jetzt möglichst würdevoll. So würdevoll es mir in Slip und BH möglich ist.

»Nette Berufskleidung.«

Max sieht mich mit seinen braungrüngelben Augen spöttisch an.

»Ich bin einer der Partner ... ähm ... Juniorpartner, um genau zu sein.«

»Interessant. Und was tragen die Jungs hier so? Lendenschurz?«

»Was machst du hier?« Mich beschleicht das Gefühl, dass ich besser das Thema wechseln sollte.

»Habe gleich ein Beratungsgespräch mit einem Frederik Wiedenkopf.«

»Frederik? Oh.«

Mein »Oh« klingt wenig professionell und noch weniger kollegial – ging leider nicht anders.

»Die Fotoagentur, bei der ich arbeite, ist von einem amerikanischen Konzern aufgekauft worden, und ich will nicht von denen vertreten werden. Zu viel Kommerz, und die neuen Verträge sind Knebelverträge. Und jetzt sind meine Fotos und die von ein paar Kollegen auf mysteriöse Weise verschwunden: Wasserschaden, Computervirus, je nachdem, was denen sonst noch so einfällt, nur damit sie die Fotos nicht rausrücken müssen. Jedenfalls ist das alles ziemlich ärgerlich. Ich bin nur zurückgekommen, um das zu klären.«

Max ist Fotograf. Er reist ständig um die ganze Welt und fotografiert Menschen. Und alle, alle lassen sich gerne von Max fotografieren. Manchmal fotografiert er berühmte Menschen, aber am liebsten fotografiert er Menschen, die noch nie vorher eine Kamera gesehen haben. Irgendwo mitten im nirgendwo, wo es auch Tiere gibt, die mehr als vier Füße haben und dabei so groß sind wie eine europäische Katze.

Nur ich habe mich nicht gerne von ihm fotografieren lassen.

Ich lasse mich überhaupt von niemandem gerne fotografieren.

Der Schock beim Anblick der Fotos ist einfach zu groß. Ich sehe darauf nie so aus, wie ich denke, dass ich aussehe, oder wie ich gerne aussehen würde, wenn es schon für die Ewigkeit festgehalten wird. Irgendwie hat mein Eigenbild nichts mit dem auf dem Foto zu tun. In meinem Kopf sehe ich eindeutig besser aus. Schade, dass ich mein Fantasiebild nicht einfach auf Fotopapier ausdrucken kann.

Aber zugegeben, ich mag die Fotos von Max sehr. Wie gesagt, solange sie von anderen Leuten sind.

»Und sonst, sonst geht's dir gut?«

»Soweit alles klar.«

»Wo warst du die letzten drei Jahre?«

»Borneo, Australien, Fidschis, Java, Magerita, Sansibar … irgendwo da. Und du?«

»Ähm … hier … und natürlich ab und zu im Urlaub … in Italien und so.«

»Ah …«

»Geht's dir gut?«

»Sehr gut«, meint Max, und ich glaub's ihm, wenn ich ihn so ansehe.

»Verheiratet?«, rutscht mir heraus, und ich frage mich, wie mir das rausrutschen konnte. Irgendwann werde ich an meiner Neugierde nochmal sterben. Curiosity killed the cat.

»Ja, klar, sie ist Vietnamesin – vier Kinder.«

»Ohhhhhhh …«

»Hab sie zwei Wochen, nachdem wir uns getrennt haben, kennen gelernt. Sie ist meine große Liebe.«

»Ahhhhhhh jaaaaaaaa.«

Irgendwo ganz tief in mir drin spüre ich einen kleinen Stich. Zwei Wochen nach unserer Trennung? Ist das nicht ein bisschen schnell?

Max mustert meinen Gesichtsausdruck, und ich sehe, wie er sich mühsam ein Lachen verkneift.

»Du kannst wieder Luft holen, Sophie, das war ein Witz, nein, ich bin nicht verheiratet. Wollte nur mal sehen, wie du darauf reagierst.«

»Ich habe überhaupt nicht darauf reagiert.«

»Ohhhhhhh ... ahhhhhhhh«, äfft Max mich nach und verzieht das Gesicht, als hätte er in eine saure Zitrone gebissen.

»Das habe ich so nicht gesagt ...«

»Aber so gemeint, Sophie.«

»Wie kannst du wissen, was ich meine? Das war schon so, als wir noch zusammen waren: Immer denkst du, du weißt, was ich denke, dabei denkst du das nur und weißt gar nicht, was ich denke, denn ich denke, dass du nur denkst, du weißt ...«

»... und dabei habe ich meistens Recht.«

Ich ahne, dass meine Gesichtsfarbe langsam ein etwas unvorteilhaftes Violett annimmt. Eine Farbe, die mir gar nicht steht. Ich bin mehr der Frühlingstyp. Pastellfarben, rosa und so.

Jetzt wird mir wieder klar, warum das mit uns nicht geklappt hat.

Wir waren immer kurz davor, uns umzubringen.

Ich mache den Mund auf, um Max mal gehörig die Meinung zu sagen.

»...«

Und dann mache ich den Mund wieder zu.

Es ist grauenhaft.

Als Anwältin bin ich wirklich sprachbegabt, unerbittlich, gnadenlos. Ich nagle säumige Unterhaltszahler mit ein paar Worten an die Wand und kann untreue Ehefrauen innerhalb weniger Minuten dazu bringen, die komplette Liste ihrer Liebhaber rauszulassen – inklusive Liebhaberinnen.

Aber privat – ach. Ein Trauerspiel!

»Ähm … ähhhhh …«

»Ja?«

Ein paar braungrüngelbe Augen blicken mich spöttisch an.

»Wolltest du noch was sagen?«

»Ähm … war schön, dich mal wiederzusehen. Meine neue Mandantin kommt gleich, und ich muss zurück in mein Büro.«

»Tja, schade, hat mich auch gefreut, dich mal wiederzusehen.«

Ein letzter Blick von Max auf meinen Slip.

»Na dann …«

»Na dann …«

Max grinst noch mal und wendet sich dann zum Gehen. An der Tür hält er noch mal kurz inne.

»Und zieh dir was an, du bekommst sonst noch eine Erkältung.«

Max schließt die Tür.

Uff.

Irgendwie ist es mir gelungen, nach meiner Begegnung mit Max in einem halbfeuchten, fleckigen Outfit noch zwei Mandanten zu überleben: die Schlagersängerin (mit dunkler Sonnenbrille) und einen Mann, der sich scheiden lassen will, weil seine Frau jetzt selbst ein Mann ist.

Nach der Arbeit bin ich direkt zum Friseur. Irgendwie brauchte ich das. Und jetzt, eine Stunde später, bin ich wieder auf der Straße. Zwar sehe ich so aus wie vorher, aber immerhin bin ich zweihundert Euro ärmer. Das ist wahre Coiffeur-Kunst. Ach, was soll's, Hauptsache, es geht mir besser.

Außerdem habe ich heute Abend noch ein Date mit Adrian, da kann Gutaussehen nicht schaden.

Adrian ist Musiker. Oboe. Bei den Münchner Philharmonikern. Adrian und ich haben uns vor ein paar Wochen im Zug kennen gelernt. Er fuhr nach Hamburg und hatte seinen Oboekasten dabei, den er mir aus Versehen auf den Fuß fallen ließ. Ich stehe anscheinend mit klassischer Musik in jeder Hinsicht auf Kriegsfuß. Mein Musikgeschmack orientiert sich irgendwo zwischen den aktuellen Hitparaden und den Hits seit den Achtzigern. Hauptsache, ich kann mitsingen. Was nun nicht heißt, dass ich singen kann.

Jedenfalls sind wir seither mehr oder minder ein Paar. Bis jetzt ist mit Adrian alles perfekt.

Wir sitzen in seiner schönen Dachgeschosswohnung. Kerzen. Die Callas im Hintergrund. Mir gegenüber ein gut gelaunter, gut gekleideter Adrian. Selbst gemachtes Sushi auf dem Teller vor mir. Eine neue Frisur. Und ich habe meine High heels heimlich unter dem Tisch ausgezogen (frau kann darin ja nicht wirklich laufen, sondern nur gut aussehen).

Adrian strahlt mich an.

»Noch etwas Ingwer?«

Ich lächle, und Adrian reicht mir noch etwas Ingwer, während er mich in den Nacken küsst.

Über die Nachspeise wären wir uns also einig.

Ich liebe solche Abende.

Normalerweise sind in den ersten drei Monaten die Liebes-Hormone noch in Ordnung. Da wird noch gebalzt, geworben, gekocht und geliebt –, und fast alles am anderen ist einfach toll.

Er macht ihr Spaghetti aglio e olio nachts um drei, zieht die Socken vorher aus und massiert ihr die Füße (was sie dringend nötig hat, weil sie ja wegen ihm dauernd ihre höchsten High Heels trägt).

Sie schleicht sich morgens eine Stunde vor ihm ins Bad, um den Eindruck zu erwecken, sie würde grundsätzlich immer frisch und strahlend aussehen. Außerdem gibt sie ein Monatsgehalt für neue Schuhe aus und interessiert sich total für Bayern München.

Nach drei Monaten lassen dann die Hormone so langsam nach, der Alltag schleicht sich ein.

Dann gibt es Jogginghosen statt Strapse, es stellt sich heraus, dass Spaghetti aglio e olio das Einzige ist, was er überhaupt kochen kann, und sie streiten sich plötzlich über die Fernbedienung, da zeitgleich Fußball und Sex and the City kommt.

Schluss mit dem Spaß.

Schluss mit Romantik.

Schluss mit Liebe.

Ich bin der Meinung, dass es besser ist, eine Beziehung überhaupt gar nicht erst in dieses Stadium abrutschen zu lassen.

Besser ist es doch, rechtzeitig Schluss zu machen.

Das mit den Scheidungen und dem ganzen Ärger müsste alles nicht sein. Ich meine, es gibt so einfache, unkomplizierte Arten, eine Beziehung zu beenden. Du musst nur rechtzeitig (bevor sich der Alltag einschleicht, und du plötzlich alles das hasst, was du vorher geliebt hast) die richtigen Worte sagen.

Hätte ich diese Grundregel nur damals bei Max und mir auch befolgt – uns wären ein paar unschöne Szenen erspart geblieben.

Auch und gerade, wenn es schon längst nicht mehr so gemeint ist: Es braucht nur etwas Nachsicht und Höflichkeit:

Frau sagt: Es ist nicht dein Fehler. (Frau meint: Du hast alles falsch gemacht, was man nur falsch machen kann.)

Frau sagt: Es liegt an mir. (Frau meint: Es ist alles deine Schuld.)

Frau sagt: Ich bin doch noch nicht bereit für eine neue Beziehung. (Frau meint: Ich will auf gar keinen Fall eine richtige Beziehung mit dir.)

Frau sagt: Du bist für mich wie ein Bruder. (Frau meint: Eine Nacht nackt mit einem Pinguin auf einem Eisberg ist sexuell erregender als eine mit dir.)

Frau sagt: Ich brauche einfach mehr Zeit für mich. (Frau meint: Ich langweile mich mit dir zu Tode.)

Frau sagt: Du bist viel zu gut für mich. (Frau meint: Ich vergeude doch nicht meine besten Jahre mit dir.)

Frau sagt: Du hast was Besseres verdient. (Frau meint: Ich hab wirklich was Besseres verdient.)

Frau sagt: Ich habe meine letzte Beziehung noch nicht so richtig verarbeitet. (Frau meint: Ich muss mir beim Sex mit dir immer meinen Ex vorstellen, damit überhaupt was läuft.)

Frau sagt: Lass uns gute Freunde bleiben. (Frau meint: Ich bin froh, wenn wir uns nie mehr begegnen.)

Frau sagt: Ich bin einfach noch nicht soweit. (Frau meint: Nein. Nein. Nein. Niemals.)

Frau sagt: Ich bin zu dick. (Frau meint: Dein Schwanz ist mir zu klein.)

Frau sagt: Ich bin sicher, irgendwann triffst du die Richtige. (Frau meint: Du bist ganz sicher nicht der Richtige.)

Frau sagt: Weißt du, ich muss soviel arbeiten in nächster Zeit. (Frau meint: Wann wirst du endlich nach Nowosibirsk versetzt?)

Frau sagt: Du würdest mich sowieso irgendwann verlassen. (Frau meint: Ich verlasse dich. Jetzt.)

Also ich habe das alles getestet, die Liste ließe sich endlos fortsetzen. Man kommt damit sehr weit, verletzt keine Gefühle und hat seine Ruhe. Keine bösen Worte, kein ewiges Hin und Her, keine in der Mitte zersägten Couchtische, Kühlschränke und Fiat Puntos.

Ich denke, dass die meisten Paare den richtigen Zeitpunkt zur Trennung ganz einfach verpassen. Wegen des Bausparvertrags, der Schwiegereltern oder wegen der

Zwillinge. Und dann scheint es unmöglich, noch höflich zu sein, viel einfacher ist es dann, sich Gemeinheiten ins Gesicht zu schleudern.

Meiner Meinung nach bringt das alles nichts.

Früh getrennt, nichts verpennt.

Unter dem Gesichtspunkt wären Max und ich am besten nie ein Paar geworden.

Jedenfalls wird Adrian noch eine ganze Weile nichts Derartiges von mir hören.

Er schenkt mir gerade, sehr aufmerksam, noch etwas Sake nach. Ich mag das Zeug nicht wirklich, ich werde davon unwahrscheinlich schnell betrunken – aber das hat schließlich auch was für sich.

Also runter damit.

»Weißt du eigentlich, dass du die wunderbarste Frau bist, die ich je kennen gelernt habe?«

Ich beiße in ein Nori-Maki und lächle ihn liebenswürdig an. Ist ja auch kein Wunder, dass er das denkt. Wir haben noch nie das Badezimmer geteilt, waren noch nie länger als vierundzwanzig Stunden zusammen, und ich habe mich noch nie in seiner Anwesenheit getraut, bei einer Callas-Arie mitzusingen – obwohl ich das liebend gerne tun würde. Zum Beispiel jetzt: »Oh miiiiiioooooo bambinoooooooooo carooooooooooo«. Wenn ich es tun würde, wäre von ihm nie mehr ein solcher Satz zu hören.

Also lächle ich weiter verführerisch vor mich hin und nippe an meinem Sake.

»Dein Sushi ist wundervoll«, wispere ich ihm zu. »Überhaupt sind die Abende mit dir einfach wundervoll.«

Adrian räuspert sich.

»Das finde ich auch. Und deshalb dachte ich mir, wir könnten … ähm … ich …«

Adrian nimmt einen hastigen Schluck von seinem Sake und fängt an, hektisch in seiner Anzugsjacke nach irgendwas zu suchen.

Mich macht das stutzig.

Adrian wird doch nicht?

Ich meine, wir kennen uns seit ein paar Wochen, und es ist alles schön und gut, und ich will, dass es so bleibt, und wenn er mir jetzt einen Heiratsantrag macht und alles versaut …

Und jetzt? Es ist so mühsam, immer wieder einen neuen Mann zu finden, mit dem es wenigstens eine gewisse Zeit lang problemlos läuft. Normalerweise bin ich zwischen sechzig und siebzig Stunden im Büro, da habe ich nicht so viel Zeit, um auf die Jagd zu gehen.

Warum will Adrian jetzt alles kaputt machen? Wenn er mich fragt, und ich sage Nein (natürlich!), dann bleibt uns nur noch das dämliche Lass-uns-gute-Freunde-bleiben-Ding, das sowieso nicht wirklich funktioniert.

Für einen kurzen Moment überlege ich, einfach in Ohnmacht zu fallen.

Tütelütelütelü.

Tütelütelütelü.

Mein Handy! Gott sei Dank.

Ich greife nach meiner Handtasche.

»Nicht rangehen.«

Adrian legt seine Hand auf meine und blickt mir tieeef in die Augen.

»Geht nicht, vielleicht ist es ein Notfall. Vielleicht wurde Frau Müller-Schleißheim gerade von ihrem Mann rausgeschmissen, weil sie ihm erzählt hat, dass sie beim Anwalt war, und steht jetzt mit drei kleinen Kindern zitternd im Regen …«

»Es ist Sommer, draußen sind noch achtundzwanzig Grad, und es ist Vollmond.«

Tütelütelütelü.

Adrian und ich greifen gleichzeitig nach dem Handy.

Ein kurzes Gerangel.

Ich gewinne.

»Sophie Liebe, was kann ich für Sie tun?«

Vor Erleichterung schreie ich fast ins Telefon.

Adrian lehnt sich mit einem Seufzer zurück. Die Enttäuschung ist ihm anzumerken.

»Frau Sophie Liebe?«

»Ja?«

»Krankenhaus der Barmherzigen Schwestern, Regensburg, hier spricht Dr. Wittmann. Ich habe leider keine sehr gute Nachricht für Sie … Ihre Mutter liegt bei uns auf Station C, und es sieht nicht sehr gut aus. Es ist besser, wenn …«

»Bin schon unterwegs!«

Ich lege auf.

Wenn das kein Notfall ist.

Ich muss sofort los. Ich ziehe meine Schuhe an, schnappe meine Tasche, renne zur Tür, renne noch mal zurück, da ich mein Handy vergessen habe, und dann fällt mir ein, dass ich Adrian vergessen habe.

Der sitzt vor den halb leeren Sushitellern und blickt mich etwas verwundert an.

»Sophie? Bitte, was ist passiert?«

»Notfall … Mutter … Krankenhaus … muss sofort hin.«

Ich renne wieder los.

»Soll ich mitkommen?«, ruft Adrian mir durch das Treppenhaus nach.

»Oh danke, Schatz, nicht nötig. Wir telefonieren!«

»Sophie .... halt! Bleib doch mal stehen.«

Ich halte blöderweise mitten im Lauf inne. Adrian, drei Treppen über mir, fummelt schon wieder in seiner Jackentasche. Er wird doch nicht hier? Heiratsantrag im Treppenhaus? Zwischen Tür und Angel? Das ist doch total unromantisch. Etwas stilvoller hätte ich es schon erwartet, auch wenn ich Nein sagen werde.

»Hier ...«

Adrian hat endlich gefunden, was er gesucht hat. Er wirft mir etwas runter, das klirrend erst auf meinen Kopf knallt, bevor ich es einfangen kann.

Ich starre das Ding erstmal etwas verständnislos an.

Es glitzert, ist aber definitiv kein Einkaräter. »Meine Schlüssel. Ich dachte, du könntest die Blumen gießen, und die Post rausholen, während ich die nächsten Wochen auf Tournee bin. Schließlich sind wir ja jetzt schon etwas länger zusammen ...«

Ich starre Adrian an.

Der Heiratsantrag ist ein Blumengießantrag. Nun gut.

»Ja, geht klar, kein Problem.«

Ich winke ihm noch einmal zu und bin unten aus der Tür.

Mama! Ich komme.

Cindy ./. Bert

Erst als ich auf der Autobahn mit Überschallgeschwindigkeit Richtung Regensburg rase, wird mir klar, was eigentlich los ist.

Meine Mutter liegt im Krankenhaus.

Ich begreife das gar nicht.

Meine Mutter war nie krank. Außer den normalen Dingen wie Schnupfen oder Magenverstimmung, und einmal hatte sie ein gebrochenes Bein vom Mambotanzen. Aber sonst – pumperlgesund. Ein Krankenhaus hat meine Mutter zum letzten Mal von innen gesehen, als ich auf die Welt kam. Wie sie immer sagt, fand sie das Essen dort so grauenhaft, dass sie nie wieder lebend den Fuß in eines dieser Dinger setzen würde. Höchstens zur Besucherstunde und mit selbst gebackenem Kuchen bewaffnet.

Dabei wirkt meine Mutter rein äußerlich sehr zerbrechlich: gerademal einssechzig groß, dunkle, mit grauen Strähnen durchsetzte Haare und eine Figur wie ein junges Mädchen. Zierlich. Zart. Dies ist der erste Eindruck.

Aber gnade Gott dem- oder derjenigen, die darauf reinfällt. Alles nur Tarnung. Meine Mutter ist der zäheste Mensch, den ich kenne. Sie ist mit einer unglaublichen Energie ausgestattet.

Die hat sie vermutlich auch ihr ganzes Leben lang gebraucht. Schließlich hat sie mich mehr oder weniger alleine großgezogen. Und das in Zeiten, in denen es noch nicht zum Standard gehörte, allein erziehende Mutter zu sein.

Mein Vater ist kurz nach meiner Geburt gestorben. Unfall beim Bergsteigen. Meine Mutter hat nie wieder geheiratet. Und ist nie wieder auf einen Berg gestiegen. Sie weigert sich sogar, per Auto die Alpen zu überqueren, selbst per Flugzeug nimmt sie weiträumige Umwege in Kauf.

Natürlich hatte sie trotzdem noch Männer danach. Aber im Gegensatz zu mir ist meine Mutter eine totale Romantikerin – sie glaubt an d i e große Liebe. Die eine und einzige. Und die hatte sie wohl mit meinem Vater, wie sie mir immer erzählt hat. Meine Mutter ist der festen Überzeugung, dass es zwei Menschen gibt, die füreinander bestimmt sind – man muss nur lange genug danach suchen, dann findet man schon das passende Gegenstück.

Und wenn mein Gegenstück gerade als Eskimo Eisbären jagt? Wie soll ich ihn dann treffen? Ich mache doch immer nur dort Urlaub, wo die Hoffnung besteht, dass dort über dreißig Grad sind. Solche Überlegungen tut meine Mutter mit einem einfachen »Papperlapapp« ab. Sie glaubt an so etwas wie Vorsehung, der man manchmal einfach ein bisschen nachhelfen muss.

Und deshalb hat meine Mutter nach dem Tod meines Vaters »Liebe Liebe« gegründet – eine Heiratsvermittlung. Sie hat damit ihr Hobby zum Beruf gemacht. Denn schon vorher war niemand, der nicht in festen Händen war, vor ihren permanenten und penetranten Kuppelversuchen sicher.

Bis vor einem Jahr war »Liebe Liebe« tatsächlich eine gut gehende und sehr erfolgreiche Heiratsvermittlung. Heute verkuppelt meine Mutter nur noch hobbymäßig, weil sie in Rente gegangen ist. Ich weiß nicht, wie viele Paare meine Mutter schon unglücklich (davon bin ich überzeugt) zusammengebracht hat. Eigentlich sollte ich mich freuen, sie treibt mir ja quasi meine Klientel in die Kanzlei.

Immerhin bin ich eine der wenigen Frauen in ihrem Umfeld, die ihren Vermittlungsversuchen heroisch und stoisch widerstanden hat. Und das war weiß Gott nicht einfach. Meine Mutter hätte es am liebsten gesehen, wenn ich im zarten Alter von achtzehn schon vor dem Traualtar gestanden hätte. Dann zwei, drei Kinder, Haus bauen und bis ans Ende meiner Tage zwei Kilometer von ihr entfernt in Regensburg mit meiner Brut sitzen und sie jeden Sonntag zum Kaffee besuchen. Sie hat nichts unversucht gelassen, mich dahinzutreiben.

Quälende Theaterbesuche mit gequälten pickligen Jungs. »Spontane« Partys mit der gesamten testosterongesteuerten Jugend von Regensburg. Urlaube, in denen meine Mutter sofort verschwand (»Amüsiert euch nur ohne mich …!«), wenn etwas Männliches nur »Ähmmmm« zu mir sagte oder mir versehentlich auf den Fuß trat.

Ach.

Es ist nicht einfach mit meiner Mutter.

Aber ich schätze, sie hat es auch nicht einfach mit mir. Schließlich hat sie sich ihre Tochter immer anders vorgestellt: Scheidungsanwältin! Single! In München!

Ich liebe meine Mutter, ehrlich, aber ich liebe sie lieber auf Distanz.

Ich stehe an ihrem Bett.

Sie liegt in diesen weißen Laken, in diesem weißen Zimmer alleine, und nur ein kleines Nachtlicht blinzelt still vor sich hin.

Meine Mutter.

Sie sieht plötzlich so klein aus. So klein, wie sie in Wirklichkeit ist.

Für mich war sie doch immer so groß. Eine Riesin von einssechzig. Zumindest kam mir das als Kind immer so vor. Und selbst heute, wenn ich die Augen schließe und sie beschreibe, würde ich immer noch sagen, dass sie größer ist als ich. Dabei bin ich locker einssiebzig und trage meistens High heels, in denen ich zwar nicht wirklich laufen kann, die mir aber ein trügerisches Gefühl von Sexappeal vermitteln – zumindest so lange, bis ich mal wieder mit dem Absatz in den Plattenritzen vom Gehweg hängen bleibe.

»Hallo, Mama.« Meine Stimme krächzt, als hätte ich eine schwere Erkältung. »Was machst du denn für Sachen?«

Meine Mutter schlägt die Augen auf und blinzelt mich an. Sie hängt an ein paar Schläuchen. Neben ihr stehen jede Menge Tabletten. Und ihre Nase sieht so spitz aus, als würde gleich ein kleiner Vogel darauf landen. Aber ihre Haselnussaugen sind eigentlich so wie immer. Warm und lebendig. Das beruhigt mich. Obwohl mir der Arzt, bevor ich ihr Zimmer betrat, gesagt hat, dass es nicht gut aussieht.

Gar nicht gut.

»Hallo, Liebes. Schön, dass du da bist.«

»Ich bin so schnell gekommen, wie ich konnte. Der Arzt sagte, es ist dein Herz …«

»Mmmmh.«

»Hast du Schmerzen?«

»Nein, nein, Kind, es geht schon … Mach dir keine Sorgen.«

Meine Mutter stöhnt ganz leise auf.

»Ich soll mir keine Sorgen machen? Wie soll ich mir denn keine Sorgen machen, wenn du hier im Bett liegst und .... und ...«

»Irgendwann müssen wir alle sterben.«

»Aber du doch nicht! Du bist meine Mutter!«

»Ach ...«

»Mama!«

Meine Stimme klingt jetzt wie die einer Fünfjährigen, die seit Jahren an der Whiskeyflasche hängt. Um mein Schluchzen zu verbergen, lege ich mich halb aufs Bett und umarme sie ziemlich ungeschickt.

Mütter sterben doch nicht. Zumindest nicht meine. Ich bin doch noch so klein. Ein Baby. Sie kann mich doch nicht einfach hier alleine zurücklassen. Ich schluchze auf, meine Mutter streicht mir tröstend über den Kopf.

»Weißt du, was das Schlimmste ist?«

Ich blicke mit feuchten Augen zu meiner Mutter hoch und schüttele den Kopf. Was kann denn schlimmer sein?

»Dass ich dich hier alleine zurücklassen muss.«

In mir bricht Panik aus. Es fühlt sich an, als läge ich gefesselt auf den Gleisen, während der ICE Frankfurt-München mit diesmal nur zehn Minuten Verspätung in voller Fahrt angerollt kommt. Oder als müsste ich ohne Fallschirm aus einem Flugzeug springen. Oder als wäre ich alleine in der Höhle dieser Riesenspinne gefangen, die mir als Kind in den alten Tarzanfilmen immer so viel Angst eingejagt hat.

Doch bevor die Panik mich überwältigt und ich mich trösten lasse, wird mir bewusst, dass es meine Mutter ist, die mich jetzt braucht. Und dass es an mir ist, sie zu trösten und zu halten.

Also reiße ich mich zusammen, richte mich auf und verziehe den Mund zu etwas, das als Versuch eines Lächeln durchgehen könnte.

»Aber ich bin doch nicht alleine, da sind noch ungefähr 28 Milliarden anderer Menschen auf dem Planeten, und täglich werden es mehr …«

Sie schneidet eine Grimasse. Ihr Ausdruck könnte fast als Lächeln durchgehen.

Solange ich mich erinnern kann, ist meine Mutter die Einzige, die jemals über meine Scherze gelacht hat. Bei allen anderen ernte ich meist betretenes oder im besten Falle ratloses Schweigen, woran auch immer das liegen mag.

»Und außerdem sind da noch Anna und Jule …«, füge ich mit fester Stimme hinzu.

Meine Mutter soll sich in ihrem Zustand nicht auch noch Sorgen um mich machen.

»Ach, Kind. Du brauchst einen Menschen, der wirklich zu dir gehört, das habe ich mir immer für dich gewünscht, und jetzt … jetzt …«

Meine Mutter verstummt. Ihre Stimme rutscht einfach weg. Dafür fängt irgendeines der Geräte wie wild an zu piepsen. Die Riesenspinne krabbelt langsam auf mich zu. In totaler Panik finde ich nicht gleich den Notruf-Knopf für die Nachtschwester, aber dann hört das Gerät auch schon auf.

Meine Mutter blickt mich an.

»Das schmerzt mich am meisten. Ich hätte mir so gewünscht, dass du heiratest. Einen gut aussehenden, gut verdienenden jungen Mann. Deine große Liebe, das wollte ich für dich.«

Meine Mutter schaut traurig ins Leere, und ich mache etwas, was ich zuletzt als Siebenjährige gemacht habe.

Ich hole tief Luft.

Ganz tieeeef.

Nun gut.

»Ach, ich ... ich habe es dir noch nicht gesagt, es sollte ja auch eine Überraschung werden. Nun, es gibt da jemanden ... schon etwas länger.«

»Jaaaaaa?«

Meine Mutter richtet sich leicht auf.

»Ganz ruhig. Der Arzt hat gesagt, du musst dich schonen.«

Meine Mutter legt sich wieder hin. Sie mustert mich prüfend.

»Ähm, tja, also ich ...«

»Du?«

»Ich ... ich ...«

»Ja?«

»Ich werde heiraten.«

Uff.

Ich weiß nicht wie, aber irgendwie habe ich diesen Satz rausgepresst.

Und es hat sich offensichtlich gelohnt.

Die Sonne ist gerade aufgegangen. Mildes Licht leuchtet über unseren Köpfen. Meine Mutter strahlt über das ganze Gesicht.

»Heiraten???? Du wirst heiraten?«

»...!«

»Das ist ja wundervoll!«

Und dann hält sie meine Hand und schläft selig lächelnd ein.

Ich betrachte ihr Gesicht und höre den Geräten zu, die um uns herum leise summen und piepsen.

Oje.

Ich habe sie angelogen. Faustdick.

Das letzte Mal, als ich das getan habe, hatte ich ihr erzählt, ich sei in der Schule gewesen, obwohl ich mit meiner besten Freundin den ganzen Vormittag im größten Spielwarenladen von Regensburg verbracht habe, weil es dort eine neue Barbiepuppe gab, ohne die wir nicht existieren wollten. Meine Mutter war so was von wütend – so habe ich sie eigentlich nie wieder erlebt.

Nun, jetzt lächelt sie selig.

Vielleicht habe ich doch das Richtige getan, ich meine, was kann schon passieren? So kann ich sie wenigstens glücklich machen und ihr die Sorgen nehmen für die kurze Zeit, die ihr noch bleibt, bis …

»Wann soll die Hochzeit denn stattfinden?«

Mit einem Ruck werde ich wach. Weiß. Alles ist weiß. Ganz in weiß mit einem Blumenstrauß. Roy Black summt leise durch meinen Kopf. Wie er dahin kommt, weiß ich nicht. Ein Alptraum. Und dann nimmt das Weiß Formen an. Ich bin immer noch im Krankenhaus. Etwas Buntes kommt in mein Blickfeld.

Meine Mutter.

Meine putzmuntere Mutter.

Meine aufgestandene, in einen sauteuren und superkitschigen Bademantel gekleidete Mutter. Leopard mit Goldposamenten. Sie hat in den letzten Jahren mit ihrer Heiratsvermittlung ziemlich viel Kohle gemacht – leider hat sie dabei nicht automatisch einen guten Geschmack entwickelt. Meine Mutter pendelt irgendwo zwischen Liberace und Donatella Versace fürs Altersheim hin und her, ein Anblick, der schwer zu ertragen ist, wenn man selbst Richtung Helmut Lang und Bauhaus tendiert – wenn auch nur theoretisch.

Was ist los?

Ich richte mich auf. Mein Rücken bricht in zwei Teile. Und der Teil, an dem der Kopf festgewachsen ist, realisiert gerade noch, dass dieser Schmerz so etwas wie ein Hexenschuss sein könnte. Mühsam stütze ich mich an der Bettkante auf. Diese Krankenhausstühle sind grauenhaft. Die werden wahrscheinlich extra so gebaut, damit man gleich dableiben kann. Irgendwie muss ja auch ein Krankenhaus an neue Kunden kommen.

» Und wie ist er denn so, dein Verlobter? Du hast mir ja noch gar nichts von ihm erzählt.«

Meine Mutter zieht erwartungsvoll ihren Lippenstift nach und sieht mich aufmunternd an. So viel Energie habe ich nicht erwartet.

Gestern Nacht sah das ganz anders aus.

»Hochzeit? Welche Hochzeit?«

Plötzlich durchfährt mich ein fürchterlicher Kopfschmerz. Und dann fällt mir Adrian ein. Und der Sake von gestern Abend.

»Na, deine.«

»Meine?«

Und jetzt fällt mir alles wieder ein. Meine Hochzeit.

Oje.

Ojemine.

Ich glaube, ich bin krank. Und wenn nicht, möchte ich jetzt auf der Stelle krank werden. Wie früher vor den Matheschulaufgaben.

Meine Mutter strahlt mich an.

»Mama, was hast du vor?«

»Du glaubst doch nicht, dass ich hier im Krankenhaus liege und sterbe, während mein einziges Kind heiratet?«

Mit diesen Worten schreitet sie, den Hochzeitsmarsch

summend, aus der Tür, um ein dringendes Gespräch mit diesem netten, gut aussehenden, sympathischen, höflichen und leider frisch verheirateten (»Ach, Kind, das ist ja jetzt nicht mehr so wichtig für dich!«) Oberarzt zu führen.

Entsetzliche Müdigkeit überfällt mich.

Ich schließe die Augen und lege meinem Kopf wieder auf Mutters Bett.

»Guten Morgen! Na, wie geht's uns denn heute so?«

Die Tür geht schwungvoll auf, und eine Krankenschwester betritt mit einem strahlenden Lächeln das Zimmer. Als sie mich halb drinnen, halb draußen auf das Bett gestützt sieht, schwankt ihr Lächeln für eine Sekunde. Sie stürzt zu mir rüber und wird handgreiflich.

»Das gibt es doch gar nicht, einfach so aufzustehen! Husch, husch, wieder ins Bett, aber schnell!«

Mit einem energischen Judogriff hievt sie meine Beine ins Bett. Irgendetwas macht knack. Ich schätze mal, es ist der zehnte Wirbel von oben.

Tja.

Das war's dann wohl mit Skifahren.

Ich mache den Mund auf, um zu protestieren, aber im selben Moment habe ich auch schon ein Fieberthermometer drin.

»Ischbinnischkrank«, zische ich und spucke das Ding in hohem Bogen wieder aus. »Ich bin absolut gesund!«

»So sehen Sie aber nicht aus …«, widerspricht die resolute Krankenschwester und zieht eine Spritze auf.

Ich bin der Krankenschwester erst entkommen, als ich gedroht habe, sie wegen Körperverletzung zu verklagen, wenn sie mir dieses spitze Spritzending irgendwo reinrammt.

Jetzt sitze ich diesem netten, gut aussehenden, sympathischen, höflichen und leider frisch verheirateten (»Ach, das ist ja jetzt nicht mehr so wichtig für dich!«) Oberarzt gegenüber.

»Aber Sie haben mir doch gestern Nacht noch gesagt, dass es nicht gut steht um meine Mutter, sehr schlecht sogar?! Sie waren nicht einmal sicher, ob sie diese Nacht überhaupt noch …«

»Ja, schon …«

»Und jetzt hüpft sie da draußen rum und hat die ganze Station auf ein Glas Champagner eingeladen, weil ich heiraten werde!«

»Oh, Sie werden heiraten? Wow … das ging aber schnell …«

»Wie bitte?«

»Ich meine, ich gratuliere.«

»Lassen Sie das.«

»Aber wieso, das ist doch wundervoll, wenn zwei Menschen sich finden und Ja zueinander …«

»Hier geht es nicht um mich.«

»Um wen denn?«

»Um meine Mutter! So geht das doch nicht, sie kann doch nicht gestern todkrank und am nächsten Tag wieder putzmunter sein?«

»Wissen Sie, Frau Liebe, jetzt trinken Sie erstmal diesen Tee hier, der wird sie beruhigen …«

Er schenkt mir eine undefinierbare Brühe ein, die seltsam riecht.

»Sind Sie eigentlich schon mal auf Bluthochdruck untersucht worden … nein? Würde ich Ihnen dringend empfehlen. Also das ist gar nicht so außergewöhnlich, es passiert sehr oft mit schwer kranken Patienten, es handelt sich um ein letztes Aufbäumen. Freuen Sie sich denn nicht, dass es ihrer Mutter besser geht?«

»Doch, natürlich freue ich mich!«

»Na, dann ist ja alles wunderbar! Trotzdem muss ich Sie warnen: Aufregung ist das pure Gift für Ihre Mutter. Machen Sie ihr, solange es noch geht, eine schöne Zeit. In einer Woche können wir sie entlassen. Und für Sie ...« Er schiebt mir ein Rezept rüber, das er bereits ausgestellt hat. »Dreimal täglich eine, Sie werden sich viel besser fühlen. Sicherer. Ruhiger.«

Ich bin sicher.

Und ich bin völlig ruhig.

Ich gehe jetzt zu meiner Mutter und sage ihr ganz einfach, also ich sage ihr jetzt ganz einfach die Wahrheit.

Meine Mutter steht in der Stationsküche. Um sie herum jede Menge Patienten und Schwestern. Alle prosten sich mit Champagner zu und essen üppigen Sahnekuchen, der garantiert nicht gesund für die Herzkranzgefäße ist.

Alle blicken mich erwartungsvoll an. Meine Mutter reicht mir ein Glas Champagner.

»Hier mein Kind. Auf deine Hochzeit!«

»Danke, Mama, aber ich muss dich enttäuschen. Es gibt nichts zu feiern.«

Ich gebe meiner Mutter das Glas Champagner zurück.

»Ich ... ich habe dich leider gestern Nacht angelogen, weil ich dachte, du musst sterben. Ich werde nicht heiraten. Ich will nicht heiraten. Ich denke nicht im Traum daran zu heiraten. Ich halte die Ehe für ein Gefängnis, in dem jeder wahnsinnig werden muss.«

Um mich herum breitet sich Totenstille aus. Entsetzte Blicke. Zuerst auf meine Mutter. Dann wieder auf mich.

Seltsamerweise lächelt meine Mutter.

Dann fällt sie einfach um.

Mehrere Krankenschwestern stürzen gleichzeitig auf sie zu.

»Herzstillstand.«

»Wir müssen sie schocken.«

»Rufen Sie Doktor Wittmann, schnell!«

»Da ist nichts mehr zu machen ...«

Die Schwestern starren mich missbilligend an.

Ich stehe da und starre auf meine am Boden liegende Mutter.

»Nun nimm schon! Was ist denn Kind, träumst du?«

Mit einem Schaudern komme ich wieder zu mir. Meine Mutter steht lächelnd vor mir und hält mir immer noch das Glas Champagner entgegen.

Gott sei Dank.

Es war nur ein Tagtraum.

»Also Kind, jetzt erzähl doch, wann ist denn die Hochzeit?«

»Wann die Hochzeit ist? Ähm ... in vier ... sechs Wochen, denke ich ...?????«

»Wunderbar!«

»Alles Gute!«

»Auf das junge Glück!«

Von überall strömen die besten Wünsche auf mich ein. Eine Krankenschwester umarmt mich sogar.

Ich leere in einem Zug das Champagnerglas und fülle gleich wieder nach.

Ich glaube, ich habe ein Problem.

Oder zwei.

Oder drei.

Adam ./. Eva

Er hat heute keine Zeit, denn sein kleiner Sohn hat die Masern, und da kann er seine Frau nun mal nicht alleine lassen. Kann ja mal passieren ... Aber wenn das Fieber runter ist, wird er ausführlich mir ihr reden, hat er gesagt. Er muss nur den richtigen Zeitpunkt finden, dann wird er sie verlassen.«

»Sicher wird er sie verlassen.«

»Natürlich verlässt er sie.«

Anna und ich geben gleichzeitig die obligatorische Antwort.

Jules heimlicher Dauerlover Michael ist seit acht Jahren verheiratet und hat drei Kinder mit seiner Frau. Noch nie hat er Weihnachten, Silvester oder sonst irgendeinen wichtigen Tag mit seiner Dauergeliebten Jule verbracht. Und das geht jetzt schon über drei Jahre so.

Aber er wird natürlich seine Frau verlassen!

Ganz sicher.

Wenn Jule achtzig wird.

Wir drei Mädels sitzen im Bogaz, einem sehr schicken, sehr angesagten, sehr teuren Restaurant, in dem Dinge auf der Speisekarte stehen, die ich nicht aussprechen kann, was mich etwas nervös macht. Schließlich schadet es nichts zu wissen, dass Cochones in Wahrheit Stierhoden sind ...

Ich habe entsetzlicherweise die Dinger mal auf Mallorca gegessen. Leider hat mir ein entzückender spanischer Kellner, der aussah wie Antonio Banderas, erst beim Kaffee erklärt, was da in meinem Magen gerade rumschwimmt. Den Rest des Abends habe ich dann auf der Toilette verbracht.

Seitdem bin ich etwas vorsichtiger geworden. Jule hat mich und Anna eingeladen – sie wird heute neunundzwanzig. Und da klar war, dass ihr Lover keine Zeit haben würde, war auch klar, dass Anna und ich mit ihr feiern.

»Auf dich, liebe Jule!« Ich hebe mein Glas.

»Auf eine Menge Spaß in den nächsten neunundzwanzig Jahren«, prostet Anna ihr zu.

»Oje. Nächstes Jahr werde ich schon dreißig!«

»Haben wir alle überlebt.« Anna grinst.

»Ja, aber als du dreißig geworden bist, warst du schon verheiratet!«

»Und es ist immer noch so.« Diese Bemerkung konnte ich mir nicht verkneifen.

Anna seufzt.

»Immerhin haben wir jetzt einen neuen Therapeuten, bei ihm habe ich ein ganz gutes Gefühl. Er sagt, wir sollen uns mehr auf die intellektuellen Aspekte unserer Beziehung konzentrieren, es sei ganz normal, dass es mit dem Sex ein wenig nachließe.«

»Schon, aber bei eurer Frequenz müsstet ihr beide so um die hundert sein.«

»Das stimmt nicht, wir haben erst vor kurzem …«

»Wann?«

»Was, wann?«

»Du weißt genau, was ich meine. Wann war das letzte Mal?«

»Irgendwann im Winter«, gibt Anna kleinlaut von sich. Wir blicken sie mitleidig an.

»Also wenn du dich jemals scheiden lassen willst: Für

dich ist mein Service jederzeit kostenlos, denn wenn das so weitergeht, bist du als Single besser dran.«

»Ich will mich nicht scheiden lassen. Nur weil du die Ehe grundsätzlich für total bescheuert hältst, muss das noch lange nicht für alle anderen gelten. Schwierigkeiten gibt es nun mal in jeder Beziehung.« Anna funkelt mich wütend an.

»Genau.« Jule stimmt Anna aus ganzem Herzen zu. »Und jetzt hört auf zu streiten, ich habe schließlich Geburtstag.«

»Okay, tut mir Leid, entschuldige, Anna. Ich will ja nur, dass du glücklich bist.«

»Weiß ich doch«, grinst Anna zu mir rüber und gibt mir einen dicken Kuss auf die Wange.

»Ich bin im Moment etwas durcheinander, weil ... Ich muss euch was erzählen ...«

»Jaaaa?«

Die beiden beugen sich vor und fahren ihre Lauscher wie Satellitenschüsseln in meine Richtung aus.

Ach, wir Mädels lieben Klatsch und Tratsch.

»Ähm ... ich habe Max getroffen.«

Das wollte ich zwar nicht erzählen. Aber für einen kurzen Moment hatte ich das Gefühl, dass die beiden mich für total verrückt halten, wenn ich ihnen erzähle, was ich meiner Mutter vorgelogen habe.

»Max?«

»Deinen Max?«

»Ja, meinen Max. Zufällig in der Kanzlei. Er ist gerade wieder in der Stadt.«

»Ihr wart so ein schönes Paar!«

Jules Augen leuchten.

»Wir waren überhaupt kein Paar, wir haben uns nur gestritten. Und außerdem wollte ich euch eigentlich erzählen, dass …«

»Du hast mit ihm geschlafen.« Anna grinst breit.

Vielleicht habe ich ihr etwas zu viel von unseren Turnübungen in der Horizontalen erzählt. Oder es ist ihr so gut im Gedächtnis geblieben, weil sie zu wenig Übung hat.

»Quatsch.«

»Er ist verheiratet.«

»Auch nicht.« Ich schüttele den Kopf. »Hat nichts mit ihm zu tun.«

»Ich hab's, du wirst heiraten!« Jule kichert, als hätte sie gerade den Witz des Jahrhunderts gemacht.

Hat sie ja eigentlich auch.

»Ja.«

Die beiden Mädels starren mich an.

»Ja, was?«

»Ja, wie?????«

»Ich werde heiraten.«

»DU WIRST HEIRATEN? DAS IST JA WAHNSINN! DU UND EINE HOCHZEIT?!«

Anna brüllt durchs ganze Restaurant.

Jule starrt mich entsetzt an.

»Das ist ja grauenvoll … wundervoll! Entschuldigt mich …« Mit einem lauten Aufschluchzen schnappt Jule sich die riesige Stoffserviette, die bei mir zu Hause als Tischtuch durchgehen würde, und rennt Richtung Toilette.

Ich will ihr hinterher, aber Anna hält mich fest.

»Lass sie, gib ihr etwas Zeit. In zwei Minuten ist sie wieder hier.«

»Also, jetzt erzähl schon! DU UND HEIRATEN, DAS GIBT'S DOCH GAR NICHT! WAHNNSINN!«

Anna umarmt mich stürmisch.

»Wer ist denn der Glückliche?«

Ein paar Köpfe drehen sich irritiert zu uns um. Das Restaurant ist so teuer, dass man eigentlich nur flüstern darf.

»Schschsch ... kannst du das nicht noch lauter rausposaunen! Natürlich werde ich nicht heiraten, aber ich habe meiner Mutter gesagt, dass ich heiraten werde ...«

Anna hält inne und sieht mich ratlos an. Ich verstecke mich hinter der riesigen Speisekarte und bete darum, dass mich niemand hier kennt. Wie würde ich denn vor meinen Mandanten dastehen!

»Ich glaube, du musst uns das Ganze doch noch mal genauer erklären.«

Anna lehnt sich zurück und nippt an ihrem exquisiten Fünf-Euro-Mineralwasser.

»Ja, erzähl schon!« Jule ist von der Toilette zurück und setzt sich wieder zu uns an den Tisch.

Ich blicke sie prüfend an.

»Geht's?«

Jule nickt.

»Also gut, es ist nämlich eigentlich so ...«

Und dann erkläre ich und erkläre ich und erkläre ich, wie ich in diese prekäre Lage geraten bin.

»Eigentlich hast du also gar keinen Heiratsantrag?«

Jule strahlt bis über beide Ohren.

Ich schüttele den Kopf.

»Nein. Und ich will auch nicht heiraten. Aber ich kann unmöglich meiner Mutter offenbaren, dass ich sie angelogen habe.«

»Warum fragst du nicht einfach Adrian?«

Anna ist so pragmatisch.

»Adrian?! Wie kommst du auf den?«

»Na, ich denke, ihr seid gerade zusammen.«

»Ja, schon ... aber ...«

»Aber was? Ich dachte, ihr habt jede Menge Spaß? Er ist ein toller Typ, und deine Mutter wird völlig begeistert von ihm sein: Oboe-Solist bei den Münchner Philharmonikern! Konzertabos! CDs! Angeben bei all ihren Freundinnen! Für meine Mutter wäre Adrian der ideale Schwiegersohn. Viel besser als mein Mann. Joachim kann sie auf den Tod nicht ausstehen.«

»Das ist unmöglich.«

»Warum? Wir leben doch in einer Zeit, in der durchaus auch mal die Frau einen Antrag machen kann, und außerdem ist Adrian wirklich total süß, und er ist nicht verheiratet. Ist der doch nicht, oder?«

Jule sieht mich sorgenvoll an. Jules Lover hatte ihr am Anfang ihrer Affäre dieses kleine Detail verschwiegen. Sie hat es erst zufällig bei ihrem (sehr kurzen) Kurzurlaub in einem Wellnesshotel in Österreich herausgefunden: Als plötzlich eine Freundin seiner Frau vor ihm gestanden hatte. Vor lauter Panik hatte er Jule mitsamt ihrem Energy-Drink in den Pool gestoßen, um sie schnellstmöglich los zu werden. Seitdem ist sie etwas empfindlich, was das betrifft.

»Er würde wahrscheinlich einwilligen.«

»Verstehe, das wäre ja das Schlimmste, was passieren könnte«, meint Anna sarkastisch und schenkt sich noch mal Wasser nach.

»Also, Adrian zu fragen, kommt überhaupt nicht in Frage.«

Das ist längst entschieden. »Außerdem ist er zur Zeit überhaupt nicht in München. Konzertreise durch ganz Europa. Noch eine ganze Weile. So lange kann ich beziehungsweise meine Mutter wahrscheinlich nicht warten …«

»Ich glaube, du hast ein Problem.«

»Oder zwei.«

»Oder drei.«

Meinen die Mädels.

Und darauf müssen wir dringend mit Tequila anstoßen.

»Vierhundert. Ich habe mal grob kalkuliert – im Krankenhaus hatte ich ja so viel Zeit – und komme auf etwa vierhundert Gäste. Anna und Jule natürlich mitgezählt. Hinzu kämen Freunde und Verwandte des Bräutigams …«

Meine Mutter fuchtelt mit einem voll geschriebenen Papier vor meiner Nase herum.

In letzter Sekunde gelingt es mir, den Fahrradfahrer vor mir nicht in die ewigen Jagdgründe zu schicken. Wir sind auf dem Weg von der Klinik zu meiner Wohnung.

Meine Mutter wurde heute aus dem Krankenhaus entlassen.

Selbstverständlich wird sie jetzt bei mir wohnen. Ich bringe es nicht übers Herz, sie diese Tage alleine in Regensburg zu lassen. Außerdem braucht sie Schonung und Pflege. Sie wird in meinem Bett schlafen, ich im Wohnzimmer auf der Couch.

»Niemand. Von seiner Seite wird niemand dabei sein. Sie sind alle tot.«

»Aber das ist ja grauenhaft, wie kann denn so etwas passieren?«

»Ähm … ein Flugzeugsabsturz … Mama, bitte, ich muss Auto fahren. Außerdem wollen … ähm … wollen mein Schatz und ich überhaupt keine große Hochzeit. Das habe ich dir doch schon gesagt.«

Na wunderbar.

Ich kurve im Auto herum, finde wie immer keinen Parkplatz und habe ganz nebenbei die Familie meines Zukünftigen abgemurkst.

»Papperlapapp, was heißt da, ihr wollt keine große Hochzeit? Man heiratet nur einmal im Leben!«

Ich werfe meiner Mutter einen scharfen Blick zu. Schließlich lebt auch sie im einundzwanzigsten Jahrhundert.

»Naja, zumindest war das mal der Grundgedanke der Ehe, und ...«

»Ich habe das längst mit ihm besprochen.«

»Dann besprich es noch mal mit ihm.«

»Ich hab dir doch gesagt, das geht gerade nicht, weil er, wer weiß wie lange noch, beruflich irgendwo in Borneo ist!«

»Na, zur Hochzeit wird er ja wohl zurück sein.«

»Das hoffe ich auch. Das hoffe ich wirklich auch«, murmle ich vor mich hin.

Meine Mutter weiß gar nicht, wie sehr ich das hoffe.

Endlich finde ich einen Parkplatz, nur einen halben Kilometer weit weg von meiner Wohnung. »Also ich begreife das nicht. Überall gibt es Handys , aber du kannst deinen Verlobten nicht erreichen? Ich würde auch die Kosten für die Feier übernehmen. Wir könnten dieses kleine Schlösschen im Allgäu anmieten, Kind, du wirst sehen, die Vorfreude auf die Hochzeit ist die halbe Ehe ...«

»Mama ... bitte.«

Wir steigen aus. Ich öffne den Kofferraum und hieve einen von fünf edel-kitschigen und elend schweren Koffern raus, die meinem alten Polo fast den Gnadenstoß versetzt hätten.

Wie soll ich die Dinger ohne Aufzug in den fünften

Stock bekommen? Ich lasse den Koffer ächzend meiner Mutter direkt vor die Füße fallen. »Eine ganz kleine Hochzeit. Nur du, ich und er.«

»Und doch hoffentlich der Pfarrer?«

»Welcher Pfarrer?«

»Na, du wirst doch sicherlich kirchlich heiraten?«

»Mama!«

»Schon gut, schon gut, war ja nur eine Frage ...«

»Im kleinen Rahmen ... kein Tamtam, keine Verwandten, keine Freunde, keine Band, keine Torte, kein gar nichts. Versprochen?«

Meine Mutter seufzt, dann nickt sie.

»Versprochen. Klar. Kein Problem. Kind, wenn du das willst, kein Problem. Ich mache alles, was du willst, das weißt du doch.«

Ich nicke erleichtert, packe keuchend den nächsten Koffer und krieche hinter meiner Mutter her, die wie ein kleines Kind voller Vorfreude – natürlich völlig kofferlos – geradezu vor mir herspringt.

Wenn ich es nicht besser wüsste, würde ich glauben, sie käme aus der Kur statt aus der Klinik.

»Fünf ... fünf Liebhaber, und dabei sind wir erst sechs Wochen verheiratet! Können Sie das verstehen? Sie hat mich doch nicht geheiratet, um sofort mit einem anderen ins Bett zu steigen!«

Doch, offensichtlich. Sie ist kein Einzelfall. Irgendwie scheint für manche Menschen der Betrug umso reizvoller zu werden, je mehr er verboten ist.

Vor mir sitzt ein Mann, der mir das Drama seiner kurzen Ehe schildert. Und dabei bin ich mir sicher, dass er nicht einmal alles weiß. Ich könnte wetten, dass das Geständnis seiner Frau betreffend die fünf Liebhaber in Wahrheit verdoppelt werden könnte.

Ich habe Konzentrationsschwierigkeiten, meine Gedanken sind ganz woanders. Nach reiflicher Überlegung bin ich zu dem Schluss gekommen, dass ich meine Mutter tatsächlich nicht aufklären werde. In der kurzen Zeit, die ihr noch verbleibt, werde ich also so tun, als würde ich heiraten.

Das kann doch nicht so schwer sein.

Schließlich wird dauernd geheiratet!

Haakon und Mette-Marit. Madonna und Guy Ritchie. Manche Leute heiraten vier bis fünf Mal im Leben. Liz Taylor ist sogar acht Mal vor den Traualtar getreten, glaube ich. Da werde ich es doch zumindest ein Mal hinkriegen.

Leider hat die Sache einen klitzekleinen Haken:

Zum Heiraten gehören bekanntlich zwei.

Ich bin vierunddreißig und habe bisher viereinhalb Heiratsanträge bekommen. Der halbe kommt dadurch zustande, dass ich den ersten Heiratsantrag meines Lebens im zarten Alter von vier Jahren im Kindergarten von Wolfi (fünf) bekommen habe – zusammen mit einem dicken, rotzverschmierten Kuss. Der zählt nur halb. Aber meine Antwort war schon damals so entschieden wie eindeutig: Igittigitt. Wolfi hatte daraufhin zehn Sekunden lang ein gebrochenes Herz. Dann drehte er sich kurz entschlossen um und verliebte sich in meine beste Freundin Brigitte, die zufällig hinter ihm stand.

Heute sind die beiden seit zehn Jahren unglücklich verheiratet.

Ich schätze, mit viereinhalb Heiratsanträgen halte ich den nationalen Rekord an Heiratsanträgen für nicht adlige, nicht reiche, nicht berühmte und nicht supermodelmäßig aussehende Frauen unter fünfunddreißig.

Wenn man berühmt und reich und schön oder alles zusammen ist, bekommt man wahrscheinlich Heiratsanträge hinterher geworfen wie unsereins Diätvorschläge. Aber für Lieschen Müller oder Sophie Liebe regnet es normalerweise nicht kübelweise Heiratsanträge vom Himmel.

Das ist mir durchaus bewusst.

Und ich bilde mir auf diese viereinhalb Heiratsanträge auch nichts ein. Vielmehr sind sie für mich schlicht der beste Beweis dafür, dass Männer ziemlich einfach gestrickt sind. Sie wollen immer das am liebsten haben, was sie einfach nicht haben können.

Nichts auf der Welt macht Männer heiratswilliger als eine Frau, die wahrhaftig nicht heiraten will.

Normalerweise ist es nun mal so, dass alle Weibchen permanent auf der Jagd nach bindungswilligen Männchen sind, während alle Männchen permanent auf der Jagd nach begattungswilligen Weibchen sind. Er will ins Bett. Sie will vor den Altar.

So lässt sich das Ganze kurz fassen – das Standardprogramm, nach dem normalerweise die Annäherung der Geschlechter abläuft.

Nur ich ticke anscheinend nicht nach diesem Muster. Ich habe mir das weder ausgesucht, noch ist es ein Trick, um am Ende doch einen Mann zu fangen. Es ist einfach so.

Es funktioniert aber nur, wenn es absolut echt ist. Jule hat, als ich ihr von der Anzahl meiner bisherigen Heiratsanträge erzählt habe, erst aufgehört zu schluchzen, nachdem ich ihr zuerst eine Ohrfeige und dann eine Valium verpasst hatte. Sie hat noch nie in ihrem Leben einen Antrag bekommen. (Wie auch, wenn sie permanent verheiratete Männer abschleppt?) Jedenfalls hat Jule sofort beschlossen, es mit meinem Ansatz zu probieren, was leider völlig erfolglos war. Fehlende Authentizität. Wenn man nur so tut, riechen die Männer das und machen sich noch schneller aus dem Staub als ohnehin schon.

Inzwischen ist mein Mandant wieder auf dem Weg nach Hause, in der Hoffnung, dass seine Frau in der Zwischenzeit nicht noch einen neuen Liebhaber verspeist hat.

Und ich habe d i e Idee.

Bingo!

Ich rufe alle meine Exfreunde an, die mir einen Heiratsantrag gemacht haben, und frage sie, ob sie das Ganze nicht pro forma nochmal wiederholen möchten – mit positivem Ergebnis sozusagen.

Zuerst Franz.

Wir waren beide siebzehn, als er mich gefragt hat, und er war sturzbetrunken, und der Parkplatz neben der Dorfdisco war als Location nicht wirklich glücklich gewählt, aber das ist längst verziehen.

Seine Mutter geht ran. Wir haben uns damals gut verstanden, und sie freut sich sehr, von mir zu hören. Aber leider ist Franz nicht so ohne weiteres erreichbar. Er hat direkt nach unserer Beziehung seine wahre Berufung erkannt und lebt seit Jahren in einem Benediktinerkloster. Seine Mutter meint aber, er würde noch immer an mich denken und mich jeden Abend in seine Gebete einschließen.

Gut, dann eben Peter. Der war wirklich süß. Er ging in

die Knie, und gleichzeitig zog er hinter seinem Rücken einen Strauß roter Rosen hervor.

Jemand hebt ab. Eine Frauenstimme meldet sich.

»Hallo, hier ist Sophie Liebe, könnte ich bitte Peter Weyer sprechen?

»Wer sind Sie?«, kommt es misstrauisch aus dem Hörer.

»Eine alte Freundin ... Und Sie sind ...?«

»Ich bin seine Frau und obendrein die Mutter seiner fünf Kinder. Und wenn Sie diese Schlampe sind, mit der er sich nächtelang rumtreibt, dann gnade Ihnen ...«

»Oh, tut mir Leid, falsch verbunden.«

Uff. War wohl nichts.

Mischa.

Mischa! Er war immer so süß zu mir. Ich bin sicher, er wird mich retten und mich heiraten.

Mischa ist immer noch süß, als ich ihn endlich erreiche. Aber sein neuer Lebensgefährte (»Ach danke, Sophie, nach der Zeit mit dir ist mir endlich klar geworden, worauf ich wirklich stehe ...«) ist strikt dagegen, dass er sich auf so einen heterosexuellen Quatsch einlässt. Aber ich sei herzlich eingeladen, einmal zum Abendessen und einer Folge Lindenstraße vorbeizuschauen.

Jürgen.

Letzter Versuch. Er hat mir den stilvollsten und klassischsten Antrag gemacht. Filmreif, mit allem Drum und Dran. Aber wie sich herausstellt, kommt Jürgen auch nicht in Frage. Er ist mausetot. Gestorben an seinem Hochzeitstag. Das Pferd der Hochzeitskutsche hat ihn mit dem Huf am Kopf erwischt. Heiraten ist einfach lebensgefährlich.

Ich bin deprimiert.

Ich werde wohl einen arbeitslosen Schauspieler oder einen Callboy engagieren müssen.

Nachdem ich etwas rumtelefoniert und grob kalkuliert habe, komme ich zu dem Schluss, dass auch dieser letzte Rettungsanker nicht in Frage kommt. Die professionelle Lösung würde mich finanziell komplett ruinieren.

Auf Drängen meines Steuerberaters habe ich mich nämlich letztes Jahr dazu durchgerungen, mir eine klitzekleine Zweizimmerwohnung zu kaufen. Das mag ja theoretisch ein weiser Beschluss sein (von wegen Rente und so), aber bei den Wohnungspreisen in München bedeutet das praktisch, dass man sich selbst und seine Kinder und seine Kindeskinder an die Bank als Sklaven verkauft. Meine Mutter hat zum Glück etwas beigesteuert. Trotzdem werde ich bis ans Ende meiner Tage Zinsundzinseszinseszins in astronomischen Höhen zahlen müssen. Mir wird jedes Mal schlecht, wenn ich einen Blick auf meinen Kontoauszug werfe. Und einen Callboy für dreihundert Euro die Stunde (»Ich mache alles, wenn es sein muss, auch reden …«) kann ich mir beim besten Willen nicht leisten.

Und außerdem ist sein Stundenlohn erheblich höher als meiner – unfassbar.

Mist.

Jetzt muss ich auch noch dringend pinkeln, auf unserer prachtvollen Toilette ist bestimmt noch die Hölle los.

Uff. So wie es aussieht, ist niemand hier.

Ich schleiche mich in die nächstbeste Kabine.

Ich kann nicht.

Neben mir plätschert es plötzlich laut vor sich hin. Und dazu summt es fröhlich. Ein Mann. Garantiert pinkelt der im Stehen. Das höre ich schon an der Art des Plätscherns, hat was mit der Fallhöhe zu tun.

Ich kann immer noch nicht.

Ich hasse dieses Unisex-Ding.

Und außerdem lässt mich mein Problem nicht los, es rotiert ständig in meinen Kopf. Dann zwinge ich mich, an den Zimmerbrunnen meines Zahnarztes zu denken und kann schließlich doch pinkeln.

Erleichtert verlasse ich die Kabine.

Und stehe Max gegenüber, der sich gerade die Hosen zumacht.

Max grinst mich an.

»Hallo.«

»Hallo.«

Betretenes Schweigen.

Irgendwann werde ich Ingeborgchen wegen dieser Unisex-Toilette verklagen. Auf seelische und körperliche Grausamkeit.

»Willst du mich heiraten?«

Meine Worte hallen durch den gekachelten Raum und werden tausendfach von den Wänden zurückgeworfen.

Heiraten … Heiraten … Heiraten … wie bei einem Echo.

Wie konnte mir das rausrutschen? Wahrscheinlich hat sich mein Gehirn in den letzten Tagen zu sehr mit dieser Hochzeit geschäftigt.

Aber warum eigentlich nicht?

Schließlich brauchen Max und ich uns nichts mehr vormachen. Und er gehört auch zu meinen Exfreunden, wenngleich er mir nie einen Heiratsantrag gemacht hat. Zwar war er der einzige Mann, der mich verlassen hat. Aber er war nur zwei Sekunden schneller als ich, Ehrenwort.

Max schaut mich zunächst an, als hätte ich überhaupt nichts gesagt, dann schüttelt er sich, als hätte er Wasser in den Ohren.

»Was hast du gerade gesagt?«

»Ich ... ähm ... ich ... also ... Ich habe dich gefragt, ob du mich vielleicht eventuell zufällig heiraten können würdest wollen?«

Max kommt auf mich zu und fühlt meine Stirn.

»Kein Fieber ...«

Er schaut mir tief in die Augen. Gelbgrünbraun trifft Blau.

»Okay, was hast du eingeworfen? Doch wohl nicht gerade eben auf der Toilette irgendwelches Designerdrogenzeugs ...?«

»Max, ich bitte dich. Ich habe mir einfach gedacht, ich könnte dich vielleicht mal fragen, ob ...«

»Also wenn ich ganz ehrlich bin, Sophie, ich hab mir das immer etwas romantischer vorgestellt. Ein exquisites Restaurant, rote Rosen, ein Einkaräter im Champagnerglas, ein ordentlicher Kniefall ...«

»Du spinnst ja.«

»Sophie? Bist du verrückt geworden?«

»Wieso?«

Max blickt mich stumm an.

»Okay, ich geb ja zu, dass das etwas komisch klingt, aber die Wahrheit ist, dass ich ja nicht wirklich heiraten will, du müsstest nur so tun als ob, und wir würden gleich nach der Eheschließung die Scheidung beantragen, und die Ehe muss überhaupt nicht vollzogen werden, du weißt schon, so in körperlicher Hinsicht, ich meine, das haben wir ja schon hinter uns, also wenn du so willst, denke ich an eine Ehe mit integrierter Scheidung. Dein Leben muss sich auch gar nicht ändern, du müsstest nur ein paar Wochen ein bisschen verlobt spielen und die Hochzeit mitmachen. Ich könnte als Gegenleistung deinen Fall übernehmen, kostenlos versteht sich. Würde mir Spaß machen, könnte ich mich richtig reinarbeiten, es wäre mal was anderes als diese ewigen Scheidungen, und …«

Die Tür knallt zu. Max hat mich einfach stehen lassen.

Das mit dem Heiratsantrag ist doch nicht so einfach, wie man sich das als Frau immer so vorstellt.

Dafür geht jetzt eine der Kabinentüren auf. Frederik, das Frettchen, steht plötzlich vor mir.

»Aua, das war doch eben mein Mandant Max Berger. Ich wusste gar nicht, dass ihr beiden mal … » Frederik macht eine unanständige Geste. »Tja, den siehst du garantiert nie wieder. Im Übrigen ist es gar nicht nett unter Kollegen, Mandanten abzuwerben. Aber wenn du unbedingt heiraten willst, könntest du mich gerne mal fragen …«

Ich renne.

Max hinterher.

Draußen vor der Kanzlei sehe ich Max in Richtung Innenstadt laufen.

»Max, bitte, bleib stehen, ich glaube, du hast das falsch verstanden …«

Max läuft einfach weiter.

Ich stöckele ihm so schnell ich kann hinterher. Ich habe mich noch nie so blamiert, und ich will es wenigstens vor Max wieder gutmachen.

Autsch …!

Jetzt bin ich auch noch mit einem Absatz in den Ritzen des Bürgersteigs hängen geblieben und ziemlich unsanft auf dem Po gelandet …

Großartig. Sehr elegant.

»Max, ich … ach Scheiße.«

Plötzlich kommen mir die Tränen. Mein Knöchel tut gemein weh.

»Max, es ist nicht so, wie du denkst. Meiner Mutter geht es schlecht, sehr schlecht, und ich habe ihr gesagt, dass ich heiraten werde, um ihr eine letzte Freude zu machen, weil ich dachte, dass ... nun ... dass ...«

Max geht ungerührt weiter und verschwindet in der Menge.

Ach. Das hat doch keinen Sinn mehr.

Ich sitze hier mitten auf der Straße, habe mich gerade unendlich vor Max und Frederik, dem Frettchen, blamiert, und der Absatz meiner neuen Prada-Schuhe ist auch abgebrochen. Aber das Allerschlimmste ist, dass meine Mutter todkrank ist, und ihre Tochter es nicht mal schafft, ihr eine letzte Freude zu bereiten!

Ich schluchze hemmungslos drauflos. Ich habe seit Monaten nicht mehr geheult. Vor allem habe ich eigentlich nie richtig geheult, seit ich erfahren habe, wie es um meine Mutter steht. Dafür hole ich es jetzt umso heftiger nach.

Passanten bleiben stehen und gehen dann schnell weiter. Niemand will was mit einer Verrückten zu tun haben, die mitten auf der Straße sitzt und heult. Ich hoffe, dass keine Mandanten dabei sind. Oder dass jetzt ausgerechnet Herr Dr. Dr. Sattmann hier vorbeikommt.

Jemand reicht mir schließlich ein Taschentuch. Es gibt doch noch nette Menschen.

Schnief.

»Danke ....«

Schnief.

Ich blicke mit verheulten Augen auf.

Vor mir steht Max.

Bonnie
./.
Clyde

Willkommen in der Familie!«

Meine Mutter springt Max fast in die Arme und küsst ihn wild ab. Ich muss sie quasi von ihm runterschneiden. In manchen Situationen ist meine Mutter sehr emotional.

Sehr emotional.

»Wollen wir uns nicht erstmal setzen?«

»Aber klar, Liebes«, flötet meine Mutter, ohne auch nur eine Sekunde ihre Augen von Max zu lassen.

Ich würde sagen: Schwiegersohn-Volltreffer.

Die Kandidatin hat einhundert Punkte und bekommt zur Hochzeit eine Waschmaschine.

Schwiegersohn-Volltreffer, das bedeutet, man hat einen Mann gefunden, den die eigene Mutter sofort selbst heiraten würde. Vorausgesetzt, sie wäre noch mal zwanzig und fünfundzwanzig Kilo leichter. Eine nicht ganz unproblematische Situation (es soll ja Mütter geben, die versuchen, ihrer Tochter den Mann abspenstig zu machen), aber für den Anfang auf jeden Fall super. Besser, als wenn sie die sonst so obligatorische erste Frage stellen würde: »Und was machen Sie denn so beruflich?«, um dann egal bei welcher Anwort die Nase zu rümpfen.

Aber vielleicht ist meine Mutter mittlerweile auch für jeden dankbar.

Wir setzen uns ganz hinten in die Ecke an einen Tisch. Resopal, mit Plastikdecke und Plastikblümchen. Noch zehn Jahre, und das wird auch wieder modern. Bis *Wallpaper* auf das Interior-Design aufmerksam wird.

Max schaut sich um.

»Nettes Lokal hier.«

Wenn er so was sagt, klingt das immer, als würde er es ernst meinen. Vielleicht meint er es auch so.

Wir sind hier »Bei Rita«, in einer Gastwirtschaft bei mir um die Ecke. Wenn ich ehrlich bin, hätte ich nie im Traum daran gedacht, dass ich hier mal einen Abend verbringen würde. Aber ich hätte auch nie gedacht, dass ich mal heiraten würde. Es gibt falsches Wiener Schnitzel, das wahrscheinlich minutenlang in uraltem Fett ertränkt worden ist und nun mit gefolterten Pommes rot-weiß serviert wird. Dieses Gericht entspricht wahrscheinlich der Kalorienmenge, die ich theoretisch sonst während der ganzen Woche zu mir nehmen darf. Ich bestelle es trotzdem. Zur Wahl stünde nur Gulasch – und das trau ich mich hier garantiert nicht.

Aber dieses Lokal hat einen unschlagbaren Vorteil: Hier bin ich mir wenigstens sicher, dass ich niemanden treffen werde, den ich kenne. Dass ich heiraten werde, muss ja nicht gleich die ganze Stadt erfahren.

»Sagen Sie doch einfach Louise zu mir.«

Meine Mutter reicht Max die Hand, springt mit einem Satz über den Tisch auf seinen Schoß und schleckt ihn von oben bis unten ab.

Gott sei Dank werden nicht alle meine Alpträume wahr.

»Aber gerne, Louise ... Maximilian Berger ... für dich einfach Max,« sagt Max, nimmt Mutters Hand und gibt ihr tatsächlich einen Handkuss.

Meine Mutter kichert und wird rot.

Ich glaub, ich bin im falschen Film.

Oder im falschen Jahrhundert.

»Max ... Maximilian ... Schöner Name. Es freut mich ja so, dass du nun doch von Borneo hierher kommen konntest, auch wenn du dein Projekt unterbrechen musstest. Waren die Unruhen sehr schlimm?«

»Unruhen?«

Max blickt meine Mutter verständnislos an.

»Auf Borneo gibt es gar keine U...«

Ich trete Max unter dem Tisch ans Schienbein.

»U...auu.«

Max funkelt mich empört an.

Ich habe leider völlig vergessen, Max in meine Lügengeschichte einzuweihen.

»Es war für Max nicht so einfach, rauszukommen, die Uauus – ein kriegerischer Stamm im Norden – kämpfen schon seit Jahren gegen die im Süden.«

Lässig, wie ich die Situation gerettet habe. Ich lächele Max um Gnade flehend an.

Gott sei Dank ist meine Mutter viel zu begeistert, um die Lunte zu riechen.

»Jetzt erzählt doch mal, ihr beiden Turteltauben, wie habt ihr euch denn kennen gelernt?«

»Bei Freunden«, erklärt Max und strahlt mich an wie ein Musterschüler.

»Bei Susanne und Frank, weißt du, die Susanne, mit der ich studiert habe ...«, füge ich beiläufig hinzu.

Mir war klar, dass meine Mutter ein paar Fragen stellen würde, und ich habe ihn vorher genauestens instruiert. Wir nehmen einfach die Eckdaten aus unserer alten Beziehung, und schon sind wir aus dem Schneider.

Meine Mutter ist glücklich.

Max sprüht vor Charme.

Die beiden reden über Gott und die Welt.

Na also.

Klappt doch.

Das Ganze ist wahrscheinlich viel einfacher, als ich dachte. Max wird für ein paar Wochen meinen Verlobten spielen, mich heiraten und sofort eine Scheidungsvereinbarung (Versorgungsausgleich ist natürlich ausgeschlossen) unterschreiben. Dafür übernehme ich alle seine Rechtsstreitereien kostenlos und lebenslänglich. Als Erstes werde ich seine Fotoagentur in Grund und Boden verklagen. Alles easy.

Alle sind glücklich.

Ich bin eine gute Tochter.

Meine Mutter ist endlich mal richtig zufrieden mit mir.

Ach, nie wieder das Gefühl haben, die Enttäuschung ihres Lebens zu sein.

»Wie lange seid ihr eigentlich schon zusammen? Sophie hat vorher nie etwas von dir erzählt, aber mir erzählt sie ja sowieso nie etwas.«

Mutters Frage reißt mich aus meinen Träumereien.

»Fünf Jahre«, kommt es wie geschossen aus Max raus.

»Fünf Monate«, kommt leider gleichzeitig von mir.

Meine Mutter horcht auf.

»Also was denn nun?«

»Wir kennen uns bereits fünf Jahre, sind aber erst seit fünf Monaten zusammen …«

»Sie meint, wir beide sind uns erst vor fünf Monaten näher gekommen …«, berichtigt Max mit einem Grinsen. Dann packt er mich, beugt mich nach hinten und gibt mir einen stürmischen Kuss.

Ich bin völlig überrascht. Angenehm überrascht. Der Mistkerl kann immer noch gut küssen. Aber das tut hier nichts zur Sache.

»Lasch dasch«, zische ich leise, während ich noch seine Zunge im Mund habe und möglichst unauffällig versuche, mich ihm zu entwinden.

Meine Mutter strahlt uns an.

»Ach, ist das schön, euch so zu sehen.«

Ich richte mich wieder auf.

»Max, Liebling, ich muss dir kurz etwas zeigen. Entschuldige Mama, wir sind gleich wieder da.«

Ich ziehe Max unter leichtem Protest hinten ins andere Eck vor die Küche, wo wabernde Fettschwaden sich sofort auf mein frisch gewaschenes Haar stürzen.

Drinnen handwerkt ein dürres Männchen von Koch (wahrscheinlich will er nichts von dem essen, was er selbst gekocht hat) in einem fettigen Unterhemd. »Max, damit eines klar ist. Ich schätze es sehr, das du das für mich machst, aber wir werden nur heiraten, verstehst du. Ich habe nicht gesagt, dass ich wieder eine Beziehung mit dir will. Um es deutich zu sagen: Nichts liegt mir ferner, als mit dir je wieder etwas anzufangen. Das haben wir hinter uns: keine Küsse, kein Grabschen, kein Garnichts. Heiraten. Sonst nichts, klar?«

Max grinst mich an.

»Bist du dir da vollkommen sicher?«

Er küsst mich erneut.

Nach zwei Minuten kann ich wieder Luft holen.

Nach drei Minuten kann ich wieder nachdenken.

Ein paar weitere Sekunden drohe ich der Versuchung nachzugeben, das Ganze wieder aufleben zu lassen.

Aber dann setzt mein Verstand wieder ein.

Ich schiebe Max energisch von mir weg. Ich kann keine Komplikationen gebrauchen. Das Ganze ist so schon schwierig genug. Etwas Komplizierteres, als wieder mit

Max zusammen zu sein, kann ich mir eigentlich gar nicht vorstellen.

»Sicher. Ich bin vollkommen sicher.«

»Weiber! Die sind total meschugge … Ich hab da ein tolles Rezept«, meint der Koch und haut mit seinem Holzbeil auf einem falschen Wiener Schnitzel rum.

Oje.

Ich muss raus hier. An die frische Luft, bevor mein Haar sich für die nächsten Monate in einen unfreiwilligen Rastakopf verwandelt oder der Koch nicht mehr an sich halten kann.

Aber als wir wieder am Tisch sind, kommt gerade das Essen, danach bestellen die beiden einen Obstler (»das viele Fett …!«). Niemand außer mir will nach Hause.

Also gehe ich irgendwann allein nach Hause, während meine Mutter und Max »noch ein bisschen um die Ecke ziehen«. Als ich Max beiseite nehme, um ihn an den Zustand meiner Mutter zu erinnern, meint er nur, ich solle ihr doch das bisschen Vergnügen nicht nehmen.

Und so schweben die beiden von dannen.

»Spinnst du?«

Anna hat seit zehn Minuten die Augen fest geschlossen und sich in meinem Arm verkrallt. Jetzt verschärft sich ihr Griff noch ein wenig.

Wir sind im Kino und schauen uns einen Thriller an, in dem gesäbelt und gemordet wird, was das Zeug hält. Ich wollte ja in eine romantische Komödie, aber auf mich hört ja niemand. Wenn Anna noch etwas fester zugreift, brauche ich nach dem Film einen neuen Arm.

»Du kannst doch Max nicht heiraten!«, meint Anna entsetzt, macht ein Auge auf, sieht mich an, dann schaut sie kurz auf die Leinwand, dann schließt sie wieder beide Augen. »Sag mir, wenn's vorbei ist.«

Ich weiß nicht, warum sie immer wieder in Thriller geht, wo sie doch mindestens die Hälfte des Films verpasst. Jule, die unbedingt diesmal auch mit wollte, ist auch nicht besser. Sie hat nicht nur die Augen geschlossen, sondern hält sich zusätzlich die Ohren zu, weshalb sie von dem Gespräch zwischen mir und Anna nichts mitbekommt.

Geschweige denn vom Film.

Großartig. Die Einzige, die nicht in diesen Film gehen wollte, bin ich, und ich muss mir jetzt das Gemetzel anschauen. Hinterher wollen die Mädels dann ganz genau wissen, was passiert ist.

»Dauert wohl noch etwas. Sie ist gerade schwer verwundet in den Keller geflüchtet, und jetzt holt er das Messer und …«

»Nicht erzählen, bitte …« Anna wagt es, die Augen wieder aufzumachen.

Das Opfer stirbt röchelnd.

Aber sie ist völlig abgelenkt von unserem Gespräch. »Du kannst doch nicht einfach so heiraten, nur weil du deiner Mutter gesagt hast, du heiratest, was im Übrigen eine total schwachmatische Idee war.«

»Und was würdest du an meiner Stelle tun?«

»Deiner Mutter einfach sagen, was los ist.«

»Und wenn sie tot umfällt?«

»Jetzt seid endlich ruhig da vorne, sonst gibt's hier wirklich gleich 'ne Leiche.«

Ich drehe mich um. Zwei Reihen hinter uns im Dunkel sitzt ein Schrank von einem Kerl, der sich drohend zu uns nach vorne beugt.

»Man wird sich doch noch unterhalten dürfen.«

So leicht lass ich mich nicht einschüchtern. Schließlich habe ich mir mit Anna alle Thriller der letzten Jahre anschauen müssen. Mich kann nichts mehr erschüttern.

»Ruhe!!!!!«, schallt es laut von hinten.

»Ist ja schon gut!«

Ich wende mich wieder Anna zu.

»Also ich finde das total romantisch«, kommt es plötzlich von Jule.

»Ich dachte, du hältst dir die Ohren zu?«, frage ich.

»Nur ein bisschen.«

»Von wegen romantisch. Das Leben ist nicht wie im Film. Und das mit der Romantik haben wir schon hinter uns, wir werden uns sofort wieder scheiden lassen, das alles ist gar kein Problem.«

»Nein, Sophie, ich finde ... O Gott, was macht der mit ihr?« Anna starrt entsetzt auf die Leinwand, dann hält sie sich wieder die Augen zu.

»Die Ehe ist ein Versprechen, das sich zwei Menschen geben, die sich lieben«, wispert Jule neben mir.

Ein entsetzliches Röcheln kommt von der Leinwand.

»Ist jetzt endlich Ruhe da vorne?«

Der Schrank von hinten steht plötzlich in der Reihe vor uns und starrt uns bedrohlich an.

Jule rutscht einen halben Meter tiefer in den Kinosessel.

»Tschuldigung«, piepst sie so leise, dass er es nicht hören kann.

Anna hat von der ganzen Sache gar nichts mitbekommen, da sie sich wieder Augen und Ohren zuhält.

Großartig. So wie es aussieht, muss ich es ganz alleine mit der Schrankwand aufnehmen.

Hilfe.

»Ich … ich … wir … Sagen Sie, kennen wir uns nicht irgendwoher?«

Der Typ kommt mir tatsächlich irgendwie bekannt vor.

Und dann fällt es mir wieder ein.

Das ist Herr Friedrichs! Scheidung nach zehnjähriger Ehe vor zwei Jahren. Ich habe ihn vertreten. War auch nötig. Seine Frau hatte ihm zweimal ein blaues Veilchen geschlagen.

»Ja, klar, Sie sind doch Herr Friedrichs? Wie geht es Ihnen?«

»Frau Liebe? Mir … mir geht es bestens, alles klar. Tut mir Leid, ich wusste ja nicht, dass Sie das sind. Schön, Sie mal wieder zu sehen!«

Es wurde dann doch noch ein schöner Abend. Wir sind nach dem Kino alle zusammen in eine Bar gegangen. Herr Friedrichs – Achim – ist eigentlich supernett. Er hat uns alle einzeln bis direkt vor die Haustür gebracht, damit wir nach dem Thriller keine Angst vor dunklen Ecken haben müssen.

Am nächsten Morgen werde ich wach und strecke und recke mich gemütlich im Bett. Wunderbar. Meine Mutter ist überraschenderweise für zwei Tage zu einer alten Freundin gefahren. Die wollte sie unbedingt noch einmal treffen, bevor …

Ich habe die Wohnung wieder ganz für mich allein. Ach, fast ist alles so wie früher, wenn es mir für einen Moment gelingt, den Gesundheitszustand meiner Mutter zu verdrängen.

Die Sonne scheint, ich kann ausgiebig duschen (ohne zu hören: »Kind, zu lange duschen trocknet die Haut aus!«), in Ruhe frühstücken (ohne zu hören: »Kind, du solltest besser Müsli essen!«) und langsam ins Büro gehen (ohne zu hören: »Kind, immer diese Scheidungen, ist das nicht ein trostloser Beruf?«).

Ach, wunderbar.

Ich ziehe meine Lieblings-Gammelhose und ein altes T-Shirt an und hüpfe in Badelatschen runter zum Bäcker, während die Kaffeemaschine läuft.

»Ein paar ganz frische Semmeln für Sie, Frau Liebe. Hab schon alles fertig«, sagt Frau Konrad, meine üppige Bäckerin unten in dem Laden an der Ecke, und eine meiner besten Mandantinnen. Drei Mal erfolgreich geschieden worden – nun zum vierten Mal verheiratet. Frau Konrad sieht aus wie eines ihrer köstlichen Baisers, ziemlich üppig, aber es schmeckt so gut und man kann einfach nicht widerstehen. Kein Wunder, dass sie schon x-mal verheiratet war. Außerdem duftet sie wahrscheinlich auch zu Hause noch nach Vanille und Mandeln. Sie reicht mir augenzwinkernd eine riesige Tüte rüber.

Was ist das?

Ich hole mir hier sonst immer nur ein kleines Krusti-Brötchen.

Ich öffne verständnislos die Tüte: voll mit diversen Semmeln – das würde für eine ganze Kompanie ausreichen.

»Nehmen Sie schon, ist heute ein Geschenk des Hauses. Falls Sie nicht alleine frühstücken. Und hier … mit den besten Empfehlungen von unserem Haus. Für Sie würden wir uns natürlich kostenlos ins Zeug legen, ich hätte da schon ein paar ganz außergewöhnliche Ideen.«

Frau Konrad übergibt mir eine Broschüre, in der riesige Torten abgebildet sind.

Ich betrachte verständnislos die Gebilde aus weißer oder rosa Buttercreme.

Was ist hier los?

Frau Konrad grinst mich schelmisch an. Und dann zuckt ihr rechtes Augenlid so komisch.

Ich bin völlig ratlos.

Habe ich über Nacht zehn Kilo abgenommen?

Will Frau Konrad mich mästen?

Oder braucht Frau Konrad schon wieder eine Scheidung?

Ach so, ja.

Ehemann Nummer vier ist fällig.

Trotzdem. Irgendwas kommt mir hier komisch vor.

Verwirrt gehe ich aus der Bäckerei.

Mit Broschüre und Brötchentüte.

Ebenso verwirrt stehe ich am Empfang der Kanzlei, um meine Post abzuholen. Der Typ vom Coffeeshop, der sonst immer nur Augen für zehn Jahre jüngere Mädels hat, überreicht mir heute den Kaffee mit einem Augenzwinkern und meinte, er sei gratis.

Vielleicht ist mein Rock doch zu kurz, oder ich bin über Nacht zur Barbie mutiert, ohne dass ich das im Spiegel bemerkt hätte.

Wieso hat alle Welt plötzlich die Spendierhosen an?

Und wieso haben alle, die mir heute etwas schenken, anscheinend Probleme mit den Augen? Langsam komme ich mir vor wie in einem dieser Filme, in dem alle anderen Menschen längst zu Aliens mutiert sind und nur die Hauptdarstellerin das leider viel zu spät bemerkt.

Unser Seniorpartner kommt mir gerade entgegen.

Gute Gelegenheit.

Mit dem muss ich dringend mal sprechen.

»Guten Morgen, Herr Sattmann. Schön, Sie zu sehen, wir sollten noch dringend mal über den Fall Müller gegen Müller sprechen, ich habe da eine Idee, wie wir …«

»Morgen, Frau Liebe! Keine Zeit heute, tut mir Leid, aber Sie schaffen das sicher auch ohne mich.«

Zwinker. Zwinker.

Unfassbar. Auch Herr Dr. Dr. Sattmann, unser Bärchen – hier in der Kanzlei heimlich unser Gummibärchen genannt, weil alles an ihm so weich und knuddelig aussieht – zwinkert mir so schelmisch zu. Vielleicht habe ja ich etwas an den Augen. Oder ich brauche eine Brille. Ganz klar, ich habe zu viel in den Akten geschnüffelt, das hat mich kurzsichtig gemacht.

Sattmann ist schon fast aus der Tür, dann dreht er sich noch mal zwinkernd zu mir um. »Ach, die Liebe, liebe Frau Liebe, das musste ja irgendwann passieren – mit diesem Namen. Ich freue mich übrigens für Sie, wir in der Kanzlei haben ja alle nicht mehr damit gerechnet. Aber wie sagt man so schön: Wunder geschehen immer wieder. Schönen Tag noch!«

Und schon ist er aus der Tür.

Ich werfe unserer Empfangsdame einen fragenden Blick zu.

Die zuckt nur hilflos mit den Schultern.

Was ist heute bloß los?

Bin ich im Irrenhaus?

Ich packe meine Post und schlurfe in Richtung Büro – muss erst mal in Ruhe meinen Kaffee trinken.

»Sind Sie wahnsinnig? Wie können Sie mir das antun?«

Frau Müller-Schleißheim stürmt ohne anzuklopfen herein, und ich verschütte beinahe meinen Kaffee auf ihre Akten.

Sie steht vor mir wie eine griechische Rachegöttin – ihre Haare stehen wild und ungekämmt zu Berge wie Schlangen, und das Einzige, was dieses Bild etwas mildert, ist ihr superpraktisches Ich-bin-Mutter-und-es-ist-egal-was-ich-anhabe-weil-alles-sowieso-immer-versaut-wird-Outfit.

»Das hätte ich nie von Ihnen gedacht, dass Sie mich so betrügen. Ich dachte, Sie stehen auf meiner Seite.«

Ihre Unterlippe zittert.

Oje, gleich wird sie weinen, und das dauert dann mindestens eine Stunde. Als Anwältin ist man eben immer beides – Anwältin und Therapeutin.

»Natürlich stehe ich auf Ihrer Seite, ich bin schließlich Ihre Anwältin, ich verstehe nicht …«

»Und was ist das?«

Frau Müller-Schleißheim wirft mir eine Zeitung hin.

Auf den ersten Blick ist alles normal. Die *Süddeutsche* von heute.

Und dann sehe ich es. Vielmehr sehe ich mich.

Um genau zu sein, sehe ich mich und Max.

Strahlend. Glücklich. Sich küssend.

Wo kommt dieses Foto her?

Ich bin mir hundertprozentig sicher, dass es keine gemeinsamen Fotos von mir und Max gibt. Zwar hat Max mich damals durchaus fotografiert – aber nur unter Protest. Ich habe immer dafür gesorgt, dass alle Fotos und Negative vernichtet wurden – ich will der Nachwelt nur in geistiger Erinnerung bleiben. Basta.

Das hier ist eine Fotomontage. Eindeutig. Was die heute alles am Computer machen können. Ich werde die Zeitung verklagen! Das wird teuer.

Hurra! Das wird mein nächster Urlaub.

Und dann lese ich:

O Gott.

Das muss meine Mutter gewesen sein.

Waldburga! Das auch noch. Meinen zweiten Vornamen kennt – oder besser: kannte – auf der ganzen Welt nur meine Mutter.

Es handelt sich also um eine Heiratsanzeige.

Halbseitig.

In der *Süddeutschen Zeitung*.

»Wie können Sie heiraten, wenn ich mich gerade scheiden lassen will? Ich dachte, Sie halten die Ehe für eine Einrichtung, die das Individuum einenge? Und dann fallen Sie mir so in den Rücken, gerade wo ich am Tiefpunkt meines Ehelebens …«

Frau Müller-Schleißheim fängt an zu heulen.

Ich muss mich setzen.

Leider sitze ich schon.

Vielleicht sollte ich mich hinlegen.

Und mit Frau Müller-Schleißheim mitheulen.

Ich habe keine Ahnung, wie ich den Nachmittag in der Kanzlei überlebt habe. Frau Müller-Schleißheim ließ sich nur beruhigen, weil ich ihr weisgemacht habe, dass ich nur aus Recherchegründen heiraten würde. Nur so könne ich meine Mandanten und Mandantinnen voll und ganz verstehen. Zum Glück leuchtete ihr das schließlich ein.

Ich bin völlig erledigt. Ich brauche dringend und sofort eine heiße Badewanne. Mit Orangenblüten-Ingwer-Badezusatz. Mit Fichtennadelessenz. Mit Lavendel. Ach egal. Ich kippe einfach alle Flaschen, die ich so vorrätig habe, in die Badewanne – viel hilft viel. Zum Glück ist meine Mutter nicht zu Hause. Ich weiß nicht, ob sie diesen Abend sonst heil überstanden hätte.

Gutes Timing.

Ein spontaner Kurztrip!

Ha!

Ich bin sicher, sie hat das Ganze von langer Hand geplant.

Darin ist sie wirklich gut. Sie denkt sicher, dass ich mich wieder abgeregt und mit der Riesenhochzeit abgefunden habe, bis sie zurück ist. Wie sich herausgestellt hat, hat sie schon die komplette Kanzlei eingeladen, selbstverständlich auch Jule und Anna, Frau Konrad, halb Regensburg und alle, die ich in München schon einmal auf der Straße gegrüßt habe. Zu sich in ihr riesiges Haus nach Regensburg. Mit Einladungskarten voller Täubchen, Herzchen und Blütenranken.

Bestens.

Soviel zu einer ganz kleinen Hochzeit. Nur meine Mutter, Max und ich.

Was soll ich jetzt tun?

Alle wieder ausladen?

Das wäre zu peinlich.

Und genau damit hat meine Mutter gerechnet.

Unfassbar!

Ach, tut das gut, sich ganz langsam in den duftenden Schaum gleiten lassen. Wenn ich lange genug hier drinbleibe, lösen sich meine Probleme in Nichts auf – genau wie mein Körper.

»Waaaaaaaaaaaaaaaaaaahhhhhhhhhhhhhh …«

Ich bin mit einem Satz wieder aus der Wanne, hechte mit einem Sprung Richtung Flur und schaffe es in letzter Sekunde, die Tür hinter mir zuzuschlagen.

Mein Herz rast, mein Puls ist auf hundertachtzig.

Auf meinem Badewannenrand sitzt ein Alien.

Da war etwas Schleimiges, Grünliches, das mich angezischt hat. Mindestens zwei Meter groß.

Ich hätte mit Jule und Anna nicht in diesen Thriller gehen oder mir besser auch Augen und Ohren zuhalten sollen.

Ich hole tief Luft.

Wahrscheinlich ist alles nur Einbildung.

Hatte einfach heute zu viel Stress.

Ich öffne noch mal die Tür.

Und schlage sie gleich wieder zu.

Es ist leider kein Traum.

Das Monster ist immer noch da. Sitzt auf dem Badewannenrand und grinst mich an.

In meinem Gehirn rast alles durcheinander: Soll ich ihm todesmutig wie Sigourney Weaver entgegentreten (die im Gegensatz zu mir wenigstens mit einem Slip bekleidet war)? Soll ich die Polizei rufen (die mich in die nächste Irrenanstalt bringen wird)? Soll ich meine Mutter rufen (die gar nicht da ist)?

Ich entschließe mit für die todesmutige Version, gehe in die Küche und hole das größte Küchenmesser, das ich habe.

»Was hast du vor?«

»Waaaaaaaaaaaaaaahhhhhhhhhh ...«

Ich springe drei Meter in die Luft, drehe eine Pirouette und halte das Messer kampfbereit vor mich hin.

Neo in Matrix ist Kindergarten dagegen.

Vor mir steht Max.

Ich war noch nie so glücklich, ihn zu sehen.

Ich falle ihm fast in die Arme. Er schafft es gerade noch, dem Messer auszuweichen.

»Gott sei Dank, dass du es bist, im ... im Badezimmer ist ein Monster, ein grünes, schleimiges, zischendes ...«

»Das ist kein Monster, das ist Lenny.« Max grinst mich an. »Sag mal, gibt es einen besonderen Grund, warum du in letzter Zeit immer so nackt durch die Gegend läufst?«

Max starrt mich ziemlich unverschämt an und reicht mir rücksichtsvoll eine Küchenschürze.

Ich ignoriere seinen Kommentar, schnappe mir die Küchenschürze und binde sie mir um, als sei es das Selbstverständlichste der Welt, nackt unter einer Küchenschürze herumzulaufen. »Lenny?«

»Lenny ist ein Leguan.«

»Ein Leguan?«

»Ja.«

»Und wie kommt der in mein Bad?«

»Ich hab ihn mal auf Papua vor dem Kochtopf gerettet und einem Freund mit nach Hause gebracht. Der hat ein riesiges Terrarium. Aber er ist für drei Tage verreist. Solange braucht Lenny Asyl.«

»In meinem Bad?«

»Wo sonst? Oder ist dir dein Bett lieber?«

»Nicht wirklich.«

»Willst du das hier auch noch, oder willst du dich lieber wieder anziehen?«

Max hält mir zwei Küchenhandtücher hin. Ich starre sie an und schüttle den Kopf. Rot-gelbes Karo steht mir nicht.

Ich verziehe mich Richtung Schlafzimmer und schlüpfe in einen Jogginganzug.

»Max, wie kommst du eigentlich hier rein?«

»Ach so, klar, kannst du ja nicht wissen .... Deine Mutter hat mich eingeladen.«

»Eingeladen?« rufe ich aus meinem Kleiderschrank.

»Ich soll hier wohnen.«

»Wohnen?«

Mit einem Riesensatz bin ich wieder bei Max in der Küche. Meine Wohnung ist winzig – eine durchschnittliche Zweizimmer-Single-Wohnung.

Ich starre Max ungläubig an.

»Ja, sie meinte, sie ist für Sex vor der Ehe. Aber sie wollte uns nicht in unserer Zweisamkeit stören. Sie fand es nur unmöglich, dass ich im Hotel wohne, während du doch diese Wohnung hast ... Sie dachte, ich bin nur wegen ihr ins Hotel, deshalb hat sie mit mir getauscht. Sie wohnt jetzt im Hotel und ich hier bei dir. Ich konnte ihr den Wunsch unmöglich abschlagen. Stört dich doch nicht, wo wir sowieso heiraten werden?«

»Ich bin völlig entspannt, das Leben fließt, ich fließe mit ihm ... Die Gedanken ziehen wie Wolken an mir vorüber ... Ich halte nichts fest ... Alles bahnt sich seinen Weg ...«

Ich liege auf meinem Flauschteppich im Wohnzimmer, habe den Kopfhörer auf und die Entspannungs-CD, die mir Anna zum Geburtstag geschenkt hat, eingelegt. Ich hätte nie gedacht, dass ich das Ding tatsächlich mal hören würde. Ich bin ganz relaxed im Hier und Jetzt.

Max musste plötzlich dringend noch mal weg. Ich denke, er wollte mir einfach aus dem Weg gehen.

Ich schwöre, wenn meine Mutter in diesem Augenblick zur Tür reinkäme, würde ich sie umbringen. Sie hat Max einen zweiten Haustürschlüssel machen lassen – als kleine Überraschung für die Turteltauben!

Erst die Heiratsannonce, die Riesenhochzeit und dann das. Es ist mehr, als ich ertragen kann.

Ich kippe noch ein Glas abgestandenen, viel zu süßen Sherry runter (der ist zum Kochen und steht schon seit zehn Jahren in der Küche rum, aber es handelt sich schließlich um einen Notfall), und schon sieht die Welt wieder rosig aus.

Was rege ich mich überhaupt auf?

Hicks.

Max wird einfach hier im Wohnzimmer auf der Couch schlafen.

So.

Lenny ist in der Gästetoilette eingesperrt.

Ich werde in ein paar Wochen heiraten und mich sofort wieder scheiden lassen.

Wo ist das Problem? Sollen es doch alle wissen. Mir doch egal.

Hicks.

Sollen doch alle auf meine Hochzeit kommen und sich auf Kosten meiner Mutter den ganzen Tag amüsieren und den Bauch voll schlagen.

Ist doch kein Problem. Übersteh ich lässig.

Für einen Moment fällt mir siedend heiß Adrian ein, der mich heute in der Kanzlei angerufen hat und sich gerade in Kopenhagen befindet. Er weiß nichts von meinen Hochzeitsplänen, und ich denke, das ist besser so. Wir wollen ja nicht gleich alles überbewerten. Haben die dort oben in Schweden eigentlich die *Süddeutsche*?

»Ihre Gedanken kommen und gehen ... Alles fließt, wie die Wellen im Meer ...«

Ach. Was soll's. Ich lasse diesen Gedanken einfach wieder von dannen ziehen. Wie die Wolken am Himmel. Adrian hat bestimmt keine Zeit, überhaupt die Zeitung zu lesen.

Ich kann heiraten und habe das Fest, ohne hinterher die Ehe haben zu müssen. Warum bin ich nicht schon früher auf die Idee gekommen?

Die perfekte Form zu heiraten.

Das ist es!

Eine Hochzeit ohne Ehe.

Brillant.

Was Besseres konnte mir ja gar nicht passieren.

Wieso habe ich mich bisher so dagegen gewehrt?

Das ist d i e Marktlücke. Das ist, als würde man seine Kreditkarte ins Unendliche überziehen, ohne jemals zahlen zu müssen. Als würde man die ganze Nacht lang Partys feiern, ohne am nächsten Morgen mit einem Kater aufzuwachen.

Ughh.

Das ist übel.

Ich habe definitiv den schlimmsten Kater meines Lebens.

Miaaaaaauuuuuuuu.

Es ist sieben Uhr morgens, und ich bereue alles.

Das sprichwörtliche Morgengrauen. Ich bin auf dem Wohnzimmerteppich eingeschlafen. Jemand – ich schätze mal Max – hat mich zugedeckt und mir noch ein Kopfkissen untergeschoben.

Eine Stimme flüstert mir ins Ohr: »Ich bin völlig entspannt … Das Leben fließt … Ich fließe mit ihm … Die Gedanken ziehen wie Wolken an mir vorüber … Ich halte nichts fest … Alles bahnt sich seinen Weg …«

Ich schaffe es mit letzter Kraft, die Stopptaste zu drücken, bevor mein Gehirn in die Endlosschleife geht, um nie wieder auf den Boden der Tatsachen zurückzufinden.

Klick.

Klick. Klick. Klick.

Ich öffne ein Auge und blinzle direkt in ein schwarzes Loch.

Komischerweise kann ich mich darin erkennen – völlig verzerrt zwar, aber immerhin.

Ich sehe grauenhaft aus, so viel steht fest.

Ich hatte mal so was wie eine Frisur.

Jetzt habe ich nur noch Haare.

Und einen dicken Pickel neben der Nase.

Das schwarze Loch ist eine Kameralinse.

Hintendran ist Max.

Max macht Fotos.

Von mir.

Mit einem Kater.

Nach dem Katastrophentag gestern und nach einer Nacht auf dem Wohnzimmerteppich.

»Du siehst super aus, wenn du so völlig ungeschminkt bist. So entspannt irgendwie, relaxed, ganz anders als sonst.«

»Wohaaaahhhhhh.«

»Einen wunderschönen guten Morgen, Frühstück ist fertig. Du warst übrigens gestern Nacht nicht dazu zu bewegen, in dein Bett zu gehen – also habe ich dort geschlafen. Stört dich hoffentlich nicht.«

»Mama.«

»Die ist nicht da.«

»Dringend.«

»Wie?«

»Mama dringend.«

»Mach dir keine Sorgen, deiner Mutter geht es gut.«

»Aus.«

»Was?«

»Aufhören.«

»Womit?«

»Fotos«, krächze ich und versuche Max die Kamera zu entreißen.

So müssen sich Promis vorkommen, wenn die Paparazzi

sie einen Tag nach der Oscarfeier ungeschminkt im Supermarkt aufspüren.

»Ist ja schon gut, immer noch die Fotophobie, Sophie?«

Max lässt die Kamera sinken.

»Wie viel?«

»Wie viel was? Sophie, versuch's doch mal mit vollständigen Sätzen. Ich dachte, du als Anwältin musst in der Lage sein, dich richtig auszudrücken.«

»Uhr?«

»Neunuhrachtundzwanzig.«

»Scheiße.«

Mit einem Schlag bin ich wach. Ich muss duschen. Ich muss mich umziehen. Ich muss in die Kanzlei.

Ich springe auf.

»Das ist eine absolute Schnapsidee, dass du hier wohnst. Das ist eine Zweizimmerwohnung, eine Singlewohnung, falls das außer mir irgendjemand bemerkt hat. Auch wenn sie so viel kostet wie eine Villa mit goldenen Wasserhähnen in Hintertupfingen. Und überhaupt habe ich dich nicht eingeladen, und wie stellt meine Mutter sich das vor ...«

Und dann fällt mir ein, dass Max das mit der Riesenhochzeit ja noch gar nicht weiß und dass er und ich was ganz anderes vereinbart hatten.

Eine Hochzeit im Vorbeigehen sozusagen.

Oje.

Das werde ich ihm nicht so einfach beibringen können.

»Kaffee ... ich brauch erst mal einen Kaffee.«

Ich schwanke in die Küche, wo tatsächlich ein komplettes Frühstück steht, setze mich hin, schenke mir erst mal eine Riesentasse ein. Das tut gut. Nach einer Tasse Kaffee sieht die Welt vollkommen anders aus. Und außerdem kann ich mir überlegen, wie ich Max jetzt die Riesenhochzeit erkläre.

»Super Frühstück.«

»Danke«, sagt Max und schlägt die *Süddeutsche* auf. Zu meinem Entsetzen die von gestern.

Ich denke nicht, dass er schon weiß, was ich weiß. Vielleicht sollte er es nicht gerade aus der Zeitung erfahren.

»Ähmm ... also Max ... wollen wir uns nicht ein wenig unterhalten?«

Max lässt die Zeitung sinken.

»Bist du jetzt auf einmal doch gesprächig geworden?«

»Ich hab das vorhin nicht so gemeint, Max, natürlich kannst du ein paar Tage hier wohnen, das Sofa im Wohnzimmer ist sehr bequem, du wirst dich hier bestimmt wohl fühlen, und Lenny können wir ja einen Heizstrahler in die Toilette bauen ...«

Toll.

Kaum ist eine Mitbewohnerin draußen, kommen zwei neue hinzu. Na, wenigstens muss ich für Lenny keine Luftmatratze kaufen.

»Max, hat meine Mutter vielleicht noch über was anderes mit dir geredet?«

»Was meinst du? Deine Mutter ist eine ganz reizende Frau. Sie interessiert sich für Fotografie«, schwärmt Max und schlägt dabei schon wieder die Zeitung auf.

Ha!

Interessiert sich für Fotografie!

Meiner Mutter ist Fotografie total egal. Sie würde sich für alles interessieren, was Max macht, und wenn er gestreifte Socken sammeln würde.

»Aber Max, du hast ja die Zeitung von gestern ...

Warte, ich hole dir schnell die neue, liegt unten im Briefkasten.«

Und bevor er antworten kann, reiße ich dem verblüfften Max die Zeitung aus der Hand und renne die Treppen runter zum Briefkasten.

»Hier, druckfrisch.«

Strahlend und keuchend (fünfter Stock ohne Lift) reiche ich Max die aktuelle *Süddeutsche*. Ich bin völlig außer Atem, aber zumindest ist die Gefahr jetzt sicher im Altpapier gelandet.

»Danke, das war doch nicht nötig.«

»Gern geschehen. Ich will doch, dass du dich hier wohl fühlst.«

Erleichtert setze ich mich wieder.

Max schlägt die Zeitung auf.

Ich schenke mir noch eine Tasse Kaffee ein und entspanne mich.

Ach, das tut gut.

»Hast du das schon gesehen?«, sagt Max und hält mir eine Seite hin.

Unsere Heiratsanzeige.

Ich nehme vor Schreck einen Schluck von dem brühend heißen Kaffee.

»O nein, Max, ich kann … Ich kann dir das erklären, weißt du, meine Mutter …«

»Spitze, findest du nicht?«

»Spitze?«

»Ja. Was die alles am Computer machen. Ich habe denen zwei einzelne Fotos gegeben, und es sieht täuschend echt aus.«

»Du hast davon gewusst?«

»Ja, war meine Idee.«

»Deine Idee?«

»Ja, ich dachte mir, wenn schon, denn schon. Wird eine Riesenparty, stell ich mir ziemlich lustig vor. Deine Mutter findet eine große Hochzeit auch super und meinte, du würdest dich sicher freuen. Und vielleicht ist das ja die einzige Hochzeit meines Lebens. Für dich ist es ja ganz sicher die einzige. Das müssen wir doch feiern!«

»Müssen wir.«

»Eben. Ich wusste, dass du dich freust.«

Entweder ist Max völlig durchgedreht, oder meine Mutter hat das getan, was sie bei Meinungsverschiedenheiten immer tut. Sie überzeugt dich so lange von ihrer Meinung, dass du am Ende glaubst, es sei deine eigene. Es hat etwas Hypnotisches. Vielleicht ist es auch Voodoo. Jedenfalls bin ich ihrer Methode hilflos ausgeliefert. Deswegen versuche ich seit meiner Pubertät, längere Diskussionen mit ihr zu vermeiden.

»Max, also ich finde so was ehrlich gesagt total ...«

In diesem Moment geht die Tür auf.

Meine Mutter.

Mit der *Süddeutschen* von heute und einer Riesentüte Brötchen.

»Na, ihr Turteltäubchen, hattet ihr eine schöne Nacht?«

Sie sieht strahlend erholt und ausgeschlafen aus und zwinkert uns zu.

Warum müssen alle Leute ständig zwinkern?

Das ist ja wie eine Epidemie.

»Mama!!!!!!!«

Jetzt ist sie fällig.

Alles lasse ich mir nicht bieten. Höchste Zeit, dass hier

mal von meiner Seite ein Machtwort gesprochen wird. Krankheit hin, Krankheit her.

»Ja, Schätzchen?«

»Mama, ich finde es absolut unmöglich, dass …«

»Ohhhhh.«

Meine Mutter schwankt leicht und hält sich am Türrahmen fest.

Ha! Nicht mit mir! Das ist ein fauler Trick.

»Wir müssen reden. Sofort.«

Meine Mutter greift sich ans Herz und lässt sich schwer atmend auf den nächsten Stuhl fallen.

»Ach Kind, schon gut. Ich muss mich nur ein wenig hinlegen. Ich habe meine Herztropfen vergessen. Der Arzt hat gesagt, ich muss diese Dinger ganz regelmäßig nehmen. Schätzchen, kannst du mir einen Kaffee bringen? Koffeinfreien bitte, mit einem Schuss Sahne und einem kleinen Löffelchen Zucker. Mach dir keine Sorgen, ist bestimmt gleich wieder vorbei.«

Meine Mutter legt sich aufs Sofa, und ich renne ins Bad, um die Herztropfen holen. Als ich zurückkomme, fächelt Max ihr Luft zu. Sie strahlt mich an.

»Max hat mir schon erzählt, wie sehr dir die Idee mit der großen Hochzeit gefällt.«

Ich drücke meiner Mutter die Tropfen in die Hand und verschwinde im Bad. Kalt duschen.

Eiskalt.

Bevor hier noch ein Mord geschieht.

Oder ein Selbstmord.

Romeo
./.
Julia

»Was machst du da?«

Ich stehe im Flur, habe ungefähr hundertfünfzehn Tüten im Arm, meinen Schlüssel im Mund, weil ich keine Hand mehr frei habe, und blinzle, meine neue rote Wollmütze mit eingestrickten Sternchen halb im Gesicht (okay, es ist immer noch Hochsommer, und genau genommen ist gerade der Jahrhundertsommer ausgebrochen, aber der nächste Winter kommt bestimmt, und ich musste das Ding einfach haben), durch die Gegend. Außerdem hängen die Idioten im August immer schon die Winterklamotten in die Läden, und wenn man dann im Dezember einen warmen Pulli sucht, findet man nur noch die Bikinis für den nächsten Sommer. Wie soll man da sinnvoll einkaufen, wenn die sich nicht mehr an die Jahreszeiten halten? Für den Bikini, den ich eigentlich haben wollte, war es jedenfalls zu spät – die letzten gingen Ende Februar über die Ladentheke.

Irgendwas brummt hier ziemlich.

Eigentlich wollte ich nur ein paar leckere Kleinigkeiten zum Abendessen. Und dann ist mir diese Cargohose ins Auge gefallen (vierzig Euro und fünfzig Cent reduziert). Was kann ich dafür, dass sie das Ding ins Schaufenster hängen? Das ist, wie wenn ein Drogendealer einem Süchtigen ständig mit Kokstütchen vor der Nase rumwedelt. Und dann habe ich noch nach einem passenden T-Shirt gesucht (zwei zum Preis von einem – fünfundzwanzig Euro gespart). Und dabei bin ich an meinem Lieblings-

Handtaschenladen vorbeigekommen (ich brauchte dringend noch einen schwarzen Rucksack, ich habe nur einen braunen, einen aus Cord und einen aus ... ist doch egal). Und dann fiel mir ein, dass mein Make-up aufgebraucht ist (Discount-Parfümerie – minus fünfzehn Prozent auf alles). Also alles in allem habe ich heute locker hundert Euro gespart.

Super.

Und dabei habe ich die Mütze (Sonderangebot) noch gar nicht mitberechnet.

Bin ziemlich fertig. Einkaufen kann ganz schön anstrengend sein. Außerdem habe ich Hunger. Leider hab ich vergessen, noch schnell im Supermarkt Brot und Butter zu besorgen. Man kann ja nicht an alles denken.

Brrrrrrmmmmmmm. Brrrrrmmmmmm. Brrrrrmmmm.

BRRRRRRRRRRMMMMMMMMMMMMMMMMMMMM.

»Was ist denn hier los?«

Es ist so laut, dass ich schreien muss.

»Ich bohre ein paar Dübel in die Wand. Diese Altbauwohnungen! Ein einfacher Nagel hält da echt nicht, sag ich dir. Hab ich probiert, ist nichts zu machen, alles halb mit Stroh unterfüttert.«

»Was????«

Das glaube ich nicht.

Brrrrrmmmmmm. Brrrrrrmmmmmmmm.

»Bin gleich fertig, dann bestellen wir uns eine Pizza und machen uns einen gemütlichen ...«

Ich lasse einfach alle Tüten fallen.

Ein schwarzer Spitzen-BH macht sich selbstständig und rutscht aus der Tüte raus (supergünstig vom Designer-Outlet-Store).

Ich starre Max an, der mit einer Bohrmaschine bewaffnet in *meinem* Flur steht und munter *meine* Wand bearbeitet.

Meine frisch gestrichene Wand.

Meine schöne, leere Wand.

Die mal völlig weiß und jungfräulich war.

Jetzt sieht sie aus, als hätte sie über Nacht Windpocken bekommen.

Max bückt sich, um den BH und die Tüte aufzuheben.

»Hier.«

Er hält mir alles entgegen.

Vor Erstarrung kann ich mich nicht bewegen.

»Bist du wahnsinnig?«

Fast schießen mir Tränen in die Augen.

Die Wand ist ruiniert.

O nein. O nein. O nein.

Das ist nicht wahr.

»Sag mir, dass ich nur einen Alptraum habe.«

»Wieso? Diese Wand ist total kahl. So kann man doch nicht wohnen, da fehlen einfach ein paar Bilder, Sophie.«

»Bilder.«

»Ja, schau mal ... Ich hab sie sogar schon rahmen lassen.«

Max hält stolz ein paar gerahmte Fotos hoch.

Von meiner Mutter.

Woahhhhh.

Ich hasse Bilder an den Wänden, und noch mehr hasse ich Fotos von meiner Mutter an den Wänden. Das ist, als ob ich dauernd unter Beobachtung stünde. Ich würde mich fühlen, als folgte sie mir heimlich mit den Blicken überallhin. Ich könnte nie mehr nackt durch die Wohnung gehen. Ich könnte nie mehr Sex in der Wohnung haben.

»Mach das alles wieder weg.«

»Aber wieso? Sie sind doch super geworden. Hat total Spaß gemacht, mit deiner Mutter zu arbeiten. Wenn du die alle hier in einer Reihe aufhängst, sieht das aus wie in einer Galerie.«

»Weg.«

Ich versuche, einen Dübel aus der Wand zu ziehen. Leider klemmt das Mistding total fest.

»Sophie!«

»Das ist meine Wohnung.«

Uff.

Ich habe den Dübel draußen, leider auch die halbe Wand. Altbau eben.

»Siehst du, das kann man nicht einfach wieder wegmachen. Wenn ich was mache, dann richtig. Ich versteh das eh nicht, bei fast allen, die ich kenne, stehen Fotos rum. Erinnerungen, Schnappschüsse ... Manchmal braucht man so was, um sich zu erinnern. Ich dachte, dass du das im Moment vielleicht ganz gut gebrauchen könntest.«

»Ich will mich nicht erinnern.«

»Auch nicht an deine Mutter?«

»Schon. Aber nicht so. Nicht mit Fotos an der Wand. Da kann ich ja gleich alles zukleistern. Mit Onkel Heinz und Tante Marga und die liebe Cousine Jasmin und, ach, nicht zu vergessen mein durchgeknallter Großcousin Andreas – den könnte ich ja vielleicht hier in Postergröße aufhängen. Mitsamt seinem dämlichen Pudel.«

»Jetzt übertreibst du.«

»Und du treibst mich in den Wahnsinn. Das ist meine Wohnung.«

»Das weiß ich.«

»Sieht aber nicht so aus.«

»Es sind nicht die Familienbilder, die du hasst. Es ist die Familie an sich.«

»Und wenn schon, das ist meine Sache.«

»Sophie, ich wollte nicht, dass …«

»Kannst du mich nicht vorher fragen?«

»Das sollte eine Überraschung sein.«

»Na, die ist dir gelungen.«

Ich verschwinde im Bad und schlage die Tür hinter mir zu.

Heißes Wasser ist das Einzige, was jetzt noch helfen kann.

Durch das Plätschern draußen höre ich Max schimpfen.

Er sagt irgendwas von Zicke – falls ich das richtig verstanden habe.

Aber ich gehe lieber mal davon aus, dass ich mich verhört habe.

Ist ja auch schwer zu verstehen, wenn das Wasser so rauscht.

Als ich wieder aus der Wanne steige – völlig verschrumpelt, weil ich beinahe eingeschlafen bin – ist es stockdunkel im Flur. Max schläft schon auf dem Sofa im Wohnzimmer. Er schnarcht ziemlich laut. Ich schleiche mich langsam in Richtung Schlafzimmer. Das Mondlicht scheint auf die weiße Wand im Flur. Ein einsamer Dübel ist noch drin.

Den Rest hat Max schon wieder zugegipst.

Gut so.

Ich liege im Bett und kann nicht schlafen.

Heiße Milch mit Nutella. Hilft fast immer bei mir. Milch beruhigt die Nerven, und das Schokoladige von Nutella macht glücklich. Viel besser als Milch mit Honig.

Ich stehe wieder auf und tapse im Halbdunkel durch den Flur in Richtung Küche.

Als ich zurückkomme, stolpere ich fast über die Fotorahmen. Sie lehnen noch im Flur an der Wand.

Eigentlich gar nicht so schlecht.

Ehrlich gesagt, sind es wunderschöne Fotos.

Schwarzweiß.

Ich habe noch nie so gute Bilder von meiner Mutter gesehen.

Das muss man Max lassen, fotografieren kann er.

Ein Bild ist besonders schön. Meine Mutter hat darauf den glücklichen Gesichtsausdruck eines jungen verliebten Mädchens.

Sie hat wahrscheinlich heftig mit Max geflirtet, während er knipste.

Ach, Scheiß drauf.

Ich nehme das Foto und hänge es an die einzige Schraube, die noch in der Wand ist.

Sieht gut aus.

Wirklich fast wie in einer Galerie.

Zeit fürs Bett.

»Eher nicht.«

»Auf gar keinen Fall.«

»Also ich finde es gar nicht so schlecht.«

»Hihihi.«

»Hahaha.«

»Hohoho.«

»Romantischer Schwan auf Extasy.«

»Ist mehr was für Daisy Duck.«

»Hast du zugenommen?«

»Rosa kommt nicht in Frage.«

»Wo keine Taille ist, ist einfach keine.«

»Ein Hosenanzug? Klar, wenn du willst, dass alle dich für den Bräutigam halten.«

»Vielleicht, wenn man oben noch ein bisschen was ändert.«

»Na ja.«

»Mmmmmmmhhhhh?????«

»Ich dachte, wir suchen ein Kleid und keine Torte in Größe vierzig. Oder ist es doch zweiundvierzig?«

»Du musst dich schließlich drin wohl fühlen.«

»Oh mein Gott!«

»Das meinst du nicht ernst.«

»Das Oberteil von vorhin zusammen mit diesem Rock – das könnte eventuell gerade noch gehen.«

»Ein langer Schleier kann viel kaschieren.«

»Wenn du meinst ...«

Ich meine nichts mehr.

Ich sage nichts mehr.

Ich gehe einfach stumm zurück in die Umkleidekabine und probiere das zweihundertvierundneunzigste Brautkleid an.

Ich kann mich nicht erinnern, wann ich das letzte Mal etwas gegessen oder geschlafen habe. Und die Einzige, die davon die Nase voll hat, scheine ich zu sein.

Meine Mutter, Jule und Anna helfen mir, das richtige Kleid zu finden. Das richtige Hochzeitskleid. Ein normales Kleid zu finden, trauen sie mir Gott sei Dank zu. Aber beim Hochzeitskleid wollen alle mitreden. Das gehört sich anscheinend so. Frau kann nicht einfach alleine in einen Laden gehen, eins aussuchen und damit basta. Nein, wenn es um das Kleid der Kleider geht, geht alleine gar nichts mehr.

Ich fühle mich, wie ich mich das letzte Mal als Kind gefühlt habe, als meine Mutter so wie heute vor der Umkleidekabine stand, mir ein Teil nach dem anderen reinreichte, ab und zu den Vorhang aufriss (Zehnjährige haben schließlich keine Privatsphäre oder so etwas wie Schamgefühle) und durch den ganzen Laden brüllte, wie grauenhaft das gerade aussähe.

Allzu viel hat sich nicht geändert.

Wir sind einfach nur ein paar Jahre älter geworden.

Ich wollte so was Schlichtes, Weißes, Edles. Also ehrlich gesagt, am liebsten das Kleid, das Carolyn Bessette Kennedy bei ihrer Hochzeit anhatte. Also zumindest so was Ähnliches. Meine Mutter war strikt dagegen, als ich ihr ein Foto davon als Beispiel gezeigt habe.

»Das ist kein Hochzeitskleid, das ist ein Nachthemd. Außerdem sind beide tot, und die Ehe soll furchtbar gewesen sein. So heiratest du nur über meine Leiche.«

Nach diesem Satz habe ich dann nachgegeben. Ist ja auch kein Wunder angesichts der Situation.

Leider.

Jetzt stehe ich hier. Im elften Brautkleidladen. Mittlerweile bin ich bereit, jedes Kleid zu nehmen. Von mir aus auch einen alten Vorhang.

Ich kann nicht mehr.

Ich liebe Shoppen, aber das hier (ich brauch schließlich noch Schuhe, ein Täschchen, Schleier etc.) geht selbst für mich zu weit. Auf meinem Schreibtisch in der Kanzlei stapeln sich die Akten, und ich spiele hier Barbie.

Anziehen. Ausziehen. Anziehen. Ausziehen.

Meine Mutter, Jule und Anna können sich einfach nicht einigen. Und ich habe hier ja schon länger nichts mehr zu sagen.

»Raus hier!«

»Das bringt Unglück!«

»Oh, Max, mein Lieber, was machst du hier … du darfst die Braut doch gar nicht vorher sehen.«

Ich strecke sofort meinen Kopf aus der Kabine.

Meine Mutter knutscht gerade Max ab.

Jule stellt sich schützend vor mich und hält den Vorhang mit beiden Händen zu.

»Komm jetzt bloß nicht mit einem Brautkleid raus, das ist ganz schlechtes Karma für eure Ehe, ganz schlecht«, flüstert sie mir zu.

»Jule, was soll das? Ich will mich sowieso gleich wieder scheiden lassen«, zische ich ihr zu.

»Ach so, stimmt ja.«

Jule reißt den Vorhang auf und gibt den Weg frei.

Ich lasse Brautkleid Blaukraut sein, schlüpfe in meine Klamotten und ziehe Max mit einem »Tschüss Mädels, Max und ich müssen dringend ins Gericht – wichtiger Termin wegen der Klage gegen seine Fotoagentur – wir sehen uns morgen … Ihr könnt ja noch ein bisschen weiter aussuchen …« aus dem Laden.

Die drei blicken uns kurz hinterher und stürzen sich dann sofort wieder auf die Alpträume in Weiß.

Ich sehe gerade noch, wie sich die drei verschwörerisch anblicken und dann jede von ihnen – inklusive meiner Mutter – in einer Kabine verschwindet, um selbst eines der Kleider anzuprobieren.

»Uff.«

Ich plumpse auf den nächsten freien Stuhl im nächsten Straßencafé.

»Ich dachte, wir müssen dringend ins Gericht, weil ich was unterschreiben muss.«

»Ja, schon, aber ehrlich gesagt, erst in zwei Stunden. Sorry, aber ich hab's einfach nicht mehr ausgehalten. Ich bin fast verhungert ... mmmhhh ... lecker.«

Die Bedienung bringt mir ein riesiges Stück Käsekuchen. Eigentlich bin ich die nächsten drei Wochen bis zur Hochzeit auf Diät gesetzt, weil ich sonst in keines der Kleider passe.

»Was ziehst du denn eigentlich an?«

»Jeans und T-Shirt.«

»Oh.«

»Keine Angst, deine Mutter hat mich schon in einen Smoking gesteckt.«

»Nur in einen?«

»Also ehrlich gesagt, waren es ein paar mehr, aber bei Nummer acht habe ich einfach Stopp gesagt.«

Bei Nummer acht! Einfach Stopp sagen! Bei meiner Mutter!

Wie macht er das bloß?

Ich sehe Max nachdenklich an.

»Warum machst du das eigentlich?«

»Was?«, meint er und kippt die zweite Tasse Espresso runter.

»Na, das.«

»Dich heiraten?« Max hat plötzlich so ein seltsames Funkeln in den Augen.

»Mmmmmh ... ja«, murmle ich und genehmige mir den letzten Bissen vom Käsekuchen. »Ich meine, du könntest auch einfach Frederick, das Frettchen, als Anwalt engagieren und deine Ruhe haben.«

»Ich gehe gern auf Hochzeiten.«

»Das wird aber deine eigene.«

»Umso besser.«

»Also sag schon, warum?«

Max blickt mir direkt in die Augen.

»Weil ich dich liebe.«

Für einen Augenblick bleibt um mich herum die Zeit einfach stehen. Ich höre, wie Max die Worte ausspricht, sehe dabei in Zeitlupe, wie ein Typ im Jogging-Outfit auf dem Weg in den Englischen Garten an einer Zigarette zieht, wie eine ältere Frau vergeblich versucht, ihren Yorkshire-Terrier daran zu hindern, hier direkt im Café an ein Stuhlbein zu pinkeln, und wie zwei Schulkinder sich gegenseitig schubsend und kichernd ihren Weg durch die Passanten bahnen.

Dann bekomme ich einen fürchterlichen Hustenanfall.

Der letzte Bissen vom Käsekuchen fliegt rüber bis zum Nachbartisch zu einem schwulen Lederpärchen, das sich dauernd abknutscht und deshalb glücklicherweise von der Attacke nichts mitbekommt.

Max ist aufgestanden und haut mir kräftig auf den Rücken. Was dazu führt, dass weitere Krümel sich im All und leider auch hier im Café verstreuen.

Ich habe mich noch nie im Leben so verschluckt.

»Sophie … tief Luft holen … Das war ein Witz! Luft holen … tief durchatmen. Keine Angst, das war nicht ernst gemeint.«

Max winkt der Bedienung.

»Zahlen.«

Ich schnappe nach Luft.

Auf dem Weg zum Gericht bin ich immer noch am Keuchen. Ein paar Käsekuchenkrümel haben sich wohl in meinen Atemwegen verfangen.

Max und seine blöden Witze.

Das hätte ich mir denken können. Schon während wir zusammen waren, hat er mich immer auf den Arm genommen. Einmal sind wir nach Paris geflogen, und ich habe ihm tatsächlich für eine halbe Stunde geglaubt, dass wir über London fliegen müssen, weil die Franzosen seit dem zweiten Weltkrieg keine Direktanflüge aus Deutschland dulden. Ich weiß nicht mehr genau, wie er mir das erklärt hat, und ich bin sicher, dass ich jeden anderen Mann für verrückt erklärt hätte. Aber bei Max klingt so was immer absolut glaubwürdig.

Er hätte Regierungssprecher werden sollen.

»Du hast das Foto von deiner Mutter also doch aufgehängt.«

»Ja.«

»Gut.«

»Mach bitte nicht mehr solche Witze.«

»Versprochen.«

Max hält feierlich die Hand zum Schwur hoch.

»Weißt du, Sophie, mich hat es einfach beeindruckt, wie weit du gehst, nur um deine Mutter ein letztes Mal glücklich zu machen. Ich weiß nicht, ob ich so was jemals gebracht hätte. Irgendwie ist es komplett verrückt, vielleicht mache ich es deshalb.«

»Na ja, manchmal habe ich durchaus das Gefühl, viel zu weit zu gehen. Würdest du so was für deine Mutter machen?«

»Meine Mutter lebt nicht mehr.«

»Oh, tut mir leid.«

Wie peinlich. Das wusste ich nicht einmal.

Seltsam.

Ich war für meine Verhältnisse ewig mit ihm zusammen – aber weiß offenbar ziemlich wenig von ihm.

Max legt plötzlich an Tempo zu und stürmt förmlich vor mir die Treppen zum Gerichtsgebäude hoch.

Es ist unglaublich. Eine Hochzeit vorzubereiten, ist wie einen Feldzug planen. An was man alles denken muss. Kein Wunder, dass es eine ganze Branche gibt, die sich nur mit diesem Thema auseinander setzt.

Ich wollte das Ganze ja der Einfachheit halber in professionelle Hände geben und habe meiner Mutter eine Hochzeitsagentur vorgeschlagen. Die machen alles, und man selbst muss nur noch »Ja« sagen.

Großartig. Ideal.

Aber keine Chance.

Meine Mutter denkt nicht im Traum daran, jemand anderen ranzulassen. Sie hat endlose Listen gemacht, die in den letzten drei Wochen alle abgearbeitet werden müssen:

❍ Brautkleid (Ich habe endlich eines – und beschlossen, später alle Hochzeitsfotos zu vernichten.)
❍ Kleider der Brautjungfern (Jule und Anna streiten seit Tagen über die Farbe. Lila? Rosa? Apricot? Lilablassblau?)
❍ Frisuren und Make-up (Mit Schleier oder ohne? Hoch oder glatt? Romantisch oder natürlich? Und was findet auf dem Kopf meiner Mutter statt?)
❍ Essen (Bayerisch. Bayerisch. Bayerisch. Oder doch lieber Bayerisch?)
❍ Musik (Live? Klassisch? Oldies? Schlager? Tanzen? Hochzeitswalzer? Ich kann nicht tanzen und schon gar keinen Walzer, aber Max hat versichert, dass er mich so rumschleudern wird, dass das keinem auffällt.)

- Hochzeitsauto (Limousine? Oldtimer? Oder doch lieber Kutsche? Ganz egal was, Hauptsache, es fährt. Am besten bis vors Standesamt – meine Brautschühchen von Jimmy Choo haben einen Acht-Zentimeter-Absatz.)
- Gästeliste (»Du hast doch in der dritten Klasse für ein halbes Jahr eine Banknachbarin gehabt, Regina hieß sie, glaube ich, die mit der riesigen Zahnspange, willst du die nicht auch einladen?«)
- Tischordnung (»Tante Martha muss seit der Scheidung so weit es geht von Onkel Franz wegsitzen, aber der kommt nur, wenn er neben deiner Cousine Sylvia sitzen kann, die er so sehr mag und so selten sieht, aber die hat einen neuen Freund, und der ist bei den Grünen, und sie will ihn unbedingt mitbringen. Aber du weißt ja, wie Onkel Franzens politische Ansichten so sind, und wir wollen doch nicht den ganzen Abend ruinieren. Ich meine, man könnte ihn neben Frau Lubitsch setzten, die ist schwerhörig, aber …«)
- Dekoration (»Callas, weiße Callas – das sind die einzigen Blumen, die überhaupt in Frage kommen.« Ich bin zwar allergisch gegen weiße Callas, aber wen interessiert das hier schon?)

Und so weiter.

Die Liste ist endlos.

Es wäre wahrscheinlich besser, ich würde erst in zehn Jahren heiraten, dann hätte meine Mutter wenigstens eine reale Chance, alles bis ins kleinste Detail zu kontrollieren (Servietten? Stoff? Papier? Veuve Cliquot oder Piper Heidsieck? Lachs aus Schottland oder besser aus Norwegen?)

Und was das kosten wird.

Ich habe das alles mal zusammengerechnet und komme auf den Preis eines Luxusschlittens. Nicht gerade ein Ferrari, aber für einen kleinen Mercedes würde es schon reichen.

Ich war bisher nur mit den Kosten für Scheidungen vertraut – und die sind schon immens. Wie machen das eigentlich die Leute, die mehrfach heiraten? Specken die von Mal zu Mal die Hochzeit ab oder laden sie einfach immer weniger Gäste ein, bis es am Schluss dann gerade noch für Braut und Bräutigam reicht?

Dabei sollte mich das gar nicht kümmern. Schließlich wird das alles meine Mutter zahlen – und dabei vor Freude strahlen.

Viertausenddreihundertfünfundvierzig Euro.

Unfassbar.

Für ein paar Teller und Tassen. Zugegeben, es ist für zwölf Personen, aber trotzdem sind es nur Teller und Tassen.

Dabei sind die noch nicht mal aus Gold, soweit ich das erkennen kann.

»Muss das sein? Ich will hier wieder raus. Ich habe eigentlich jede Menge Arbeit und keine Zeit für so Chichi-Kram. Ich habe jetzt schon mein halbes Leben in verschiedenen Brautgeschäften verbracht, irgendwann muss ich wirklich wieder arbeiten.«

Max und ich stehen in einem großen Kaufhaus und haben die großartige Aufgabe, unseren Hochzeitstisch (Hertie? Kustermann? Werauchimmer?) zusammenzustellen.

Ich hebe eine Tasse hoch: fünfundfünfzig Euro. Irgendwie lebte ich bisher in einer anderen Welt. Oder schaut man nicht mehr auf die Preise, wenn man alles geschenkt bekommt?

»Du wolltest doch heiraten.«

»Ja, schon, aber …«

»Wer A sagt, muss auch B sagen.«

Um uns herum stehen schon jede Menge fertig zusammengestellter Hochzeitstische:

Friedemann Bayer und Anna Hinterhuber.

Sebastian Froh und Johanna Maier.

Alexander Jobst und Natascha Kretschmer.

Kann man eigentlich vom Hochzeitstisch auf die Ehe schließen?

Bei Anna und Friedemann ist fast alles aus Edelstahl, während Alexander und Natascha offensichtlich das Stadium der Diddel-Maus noch nicht überwunden haben – vielleicht nennen die beiden sich immer Diddelchen und Mäuschen, während Anna und Friedemann kurz davor sind, sich in ihrem 200-Quadratmeter-Wohnzimmer wieder zu siezen.

»Weißt du, Max, ich überlasse das ganz einfach dir. Du hast sowieso den besseren Geschmack, und ich gehe mal schnell in die Kanzlei, arbeite ein paar Akten durch …«

»Hier geblieben.« Max hält mich am Ellbogen fest.

»Ich will hier weg.«

»Du bleibst hier.«

»Aber ich …«

»Wie findest du den?«

Max hält einen scheußlichen Sektkelch hoch.

»Wunderbar.«

»Sophie!«

»Es ist mir egal.«

»Aber mir nicht.«

»Du kannst hinterher ja auch alles behalten.«

Kann er tatsächlich. Ich bin froh, wenn alles vorbei ist und mich nichts mehr an diesen Wahnsinn erinnert.

»Ich will gar nichts behalten.«

»Warum nicht? Betrachte es als kleine Entlohnung für deine Mühe …«

»Sophie, ich bin dauernd auf Reisen, und meine Möbel sind seit drei Jahren im Container …«

»Dann soll eine Verkäuferin was zusammenstellen.«

»Kommt nicht in Frage. Hier: Entscheid dich. Welches Service?«

Max hält zwei verschiedene Teller hoch.

Einen mit Goldrand. Einen mit Blüten.

Ich seufze. Also gut.

Ich schüttele den Kopf.

»Keines von beiden.«

»Aha. Welches dann?«

Ich deute auf ein weißes Service mit ausgefallenen Formen.

Jetzt schüttelt Max den Kopf.

»Nee, viel zu modern. Das kann man übermorgen nicht mehr sehen. Ich finde, wir brauchen etwas Klassisches, Zeitloses. Schließlich wollen wir in zwanzig Jahren auch noch was davon haben. Wie wär's damit?«

Max hält einen Teller hoch.

Weiß. Rund. Einfach ein Teller. Ganz okay soweit. Aber eben nur ganz okay. »Na ja …«

»Was heißt Na ja? Heißt das nun Na? Oder heißt das Ja?«

»Weißt du, Max, das ist genau das, was ich an einer Ehe grauenhaft finde. Alles, alles muss gemeinsam gemacht und entschieden werden. Welche Teller, welche Handtücher, welches Bett, was gibt es zum Abendessen, wohin fahren wir in Urlaub, und welche Farbe hat der Weihnachtsbaum? Und feiern wir überhaupt Weihnachten, und wenn ja, kommt dein Vater zu Besuch? Weißt du, was dabei herauskommt? Faule Kompromisse. Nichts anderes. Keiner kann mehr machen, was er will. Keiner kann mehr kaufen, was er will. Und bei der Scheidung wird dann doch noch um die letzten Teller gestritten. Auch wenn man die mit dem Blümchenmuster, ein Geschenk von Tante Frieda zur Hochzeit, schon immer zum Kotzen fand. Wenn erstmal die Scheidung läuft, schaut jeder, dass er das größte Stück vom Kuchen behält.«

»Es kann auch schön sein, Dinge gemeinsam zu machen und zu entscheiden. Oder zu entdecken, was der andere für einen Geschmack hat. Oder festzustellen, dass man auch prima von Tellern mit Blümchenmuster frühstücken kann. Wenn man sich liebt, sind diese Dinge vielleicht gar nicht mehr so wichtig, Sophie.«

»Max, du träumst. Ich meine, schau dir Filme, Theater, Literatur oder sonst was an: Die Liebe funktioniert doch nur kurzfristig. Stell dir mal vor, Romeo und Julia hätten tatsächlich geheiratet. Sie hätte vierzehn Bälger bekommen, damals gab's ja noch nicht die Pille, jedes Jahr eins, sie wäre dabei auseinander gegangen wie ein Hefekuchen, eine typisch italienische Mama, rund und keifend, und er wäre immer öfter außer Haus mit seinen Kumpels auf der Jagd gewesen, und samstags abends hätten sich die beiden regelmäßig übers Geld gestritten. Er verdient zu wenig, sie gibt zu viel aus. Er hat schlechte Tischmanieren. Sie trägt lange Unterhosen unter ihren Röcken. Ihr Essen ist ungenießbar. Er ist zu viel auf dem Sportplatz. Ich denke, Liebe ist was Wunderbares, aber sie ist einfach nicht dauerhaft. Denn Liebe auf Dauer, das ist keine Liebesgeschichte mehr, sondern ein Drama.«

»Ich denke, du verwechselst da was.«

»Und was, bitte?«

»Du verwechselst Verliebtsein mit Liebe, meine liebe Sophie Liebe.«

»Ah ja, und was, bitte, soll da der Unterschied sein?«

Ich recke streitlustig mein Kinn hervor. Wieso bildet sich der Kerl eigentlich ein, immer alles besser zu wissen? Das ist ja die Höhe. Ich bin seit über sieben Jahren Scheidungsanwältin. Wenn sich einer mit der Liebe auskennt, dann ja wohl ich. Das ist genauso, als ob man einer Kuh sagen würde, die Milch gibt es nur im Supermarkt in Tüten.

»Verliebtsein, das ist der Rausch der Hormone, das sind die Schmetterlinge im Bauch. Das ist kurzfristig, ja, Sophie, da gebe ich dir Recht, das Verliebtsein verschwindet mit hunderprozentiger Sicherheit irgendwann. Keiner kann zig Jahre jede Sekunde am Tag völlig verknallt durch die Gegend laufen. Abgesehen davon würde dann unser Wirtschaftssystem zusammenbrechen, und nur noch die Blumenhändler und Telefongesellschaften und romantische Restaurants würden überleben. Verliebtsein und die Liebe sind zwei verschiedene paar Schuhe. Im günstigen Fall führt das eine zum anderen. Im ungünstigen führt es zur Trennung. Bei der Liebe geht es darum, die rosa Brille abzusetzen und dann am anderen immer noch etwas zu entdecken, was man mag und schätzt und toll findet.«

»Und wenn ich da nichts entdecke?«

»Tja, dann liegt es vielleicht auch an dir.«

»Na toll, der andere entpuppt sich als Blödmann mit schlechten Manieren, und ich bin daran schuld.«

»So habe ich das nicht gemeint.«

»Doch, hast du.«

»Sag mir nicht, wie ich etwas meine.«

»Ich sage, was ich denke.«

»Weiß ich.«

»Wie soll ich das denn jetzt verstehen?«

»Wie ich es gesagt habe. Und jetzt lass uns mit dem Thema aufhören. Welchen Teller nehmen wir denn nun? Den oder den?«

Max lässt wie im Zirkus einen Teller mit Goldrand auf seinem Zeigefinger rotieren.

»Vergiss diese blöden Teller und …«

»Kann ich Ihnen irgendwie behilflich sein?«

Vor uns steht eine künstlich lächelnde, stark geschminkte Verkäuferin mit dem Gesichtsausdruck einer überforderten Kindergärtnerin. Sie starrt entsetzt auf den rotierenden Teller und versucht dabei gleichzeitig so zu tun, als würde sie das Kunststück gar nicht bemerken. Ich schätze, sie hat hier wohl schon ein paar geplante Hochzeiten platzen sehen von Paaren, denen die Tragweite ihres Tuns erst bei der Entscheidung für oder gegen Villeroy & Boch, Rosenthal und Co. klar geworden ist. Und ich schätze, sie hat ziemlich Angst um ihr Geschirr. Schließlich sind wir hier ja quasi im Paradies für Streithähne. Hier gibt es einiges an Tellern zu werfen.

»Ja, können Sie. Wo sind bitte die Toiletten?«

Sie deutet mit einer vagen Geste nach hinten in Richtung Spielzeugabteilung.

»Mein Bräutigam wird mit Ihnen weiter auswählen. Ich bin gleich wieder da. Nimm, was du willst, Schatz.«

Ich strahle Max an.

Mein Bräutigam!

Das klingt so ... so ... Irgendwie klingt das so seltsam. So erwachsen.

»Nein. Du bleibst. Wir sind noch nicht fertig.«

Max stößt den Teller mit einem Finger in die Luft, fängt ihn lässig auf und schafft es auch noch, mich gleichzeitig am Arm zu packen.

»Es ist dringend.«

»Okay, aber du kommst wieder.«

»Fünf Minuten.«

Ich reiße mich ohne ein weiteres Wort von Max los.

Ich muss gar nicht auf die Toilette. Aber ich brauche mal frische Luft. Und da ist doch die Kaufhaustoilette genau der richtige Ort.

Das war soeben der Beginn eines Streits, wie wir ihn während unserer Beziehung (sie ruhe in Frieden) dauernd hatten. Dabei haben wir gar keine Beziehung mehr, ergo gibt es eigentlich gar keinen Grund zu streiten.

Ha! Das ist so typisch. Max erklärt mir, wie die Liebe geht. Als ob er das besser wüsste. Schließlich ist er auch schon gut über dreißig (man könnte schon fast sagen Anfang vierzig) und auch nicht verheiratet. Das wird ja wohl auch seinen Grund haben. Nach allem, was ich weiß, gab es vor mir durchaus ein paar Mädels. In die ist er sicher auch verliebt gewesen. Zumindest teilweise. Und die nach mir habe ich gar nicht mitgerechnet. Aber Max ist nicht der Typ, der dauernd mit Frauen rummacht. So einfach ist das nämlich nicht mit der Liebe und dem Verliebtsein, lieber Maximilian Berger, und ...

Und wenn ich nicht halluziniere, steht da drüben bei den Plüschtieren Adrian.

Mein Adrian.

Mein derzeitiger Kurzzeitlebensabschnittspartner.

Der eigentlich irgendwo im hohen Norden Oboe spielen sollte.

Auf jeden Fall sollte er nicht hier in der Spielzeugabteilung in der fünften Etage von Hertie rumstehen.

Tatsächlich.

Es ist Adrian.

Ich gehe hinter einem rostfreien Kochgeschirr in Deckung.

Mist.

Mist. Mist. Mist.

Wieso ist der nicht in Kopenhagen oder in Oslo oder in Romsö oder irgendwo? Und was bitte, macht er in der Spielzeugabteilung?

Ich habe Adrian vollkommen verdrängt. Vollkommen vergessen. Irgendwie nicht mehr an ihn gedacht.

Obwohl er mich fast jeden Tag angerufen hat, seit er auf Konzerttournee gegangen ist. Und dann fällt mir ein, dass er was erzählt hat davon, dass er ein freies Wochenende hat, und vielleicht nach München kommt, um mich zu sehen. Ich kann mich daran nur vage erinnern, habe wahrscheinlich immer nur »mmm, mmmm« gemacht, da ich sowieso nicht damit gerechnet habe, dass er wirklich kommt, und ich habe – das muss ich leider zu meiner Schande gestehen – parallel zu diesem Telefonat die Akte Fischer./.Faust bearbeitet.

Das habe ich jetzt davon.

Ich weiß zwar nicht, was wirklich passiert, wenn Max und Adrian aufeinander treffen, aber ehrlich gesagt möchte ich das im Moment nicht testen. Max kann ich ja noch einigermaßen einschätzen, aber bei Adrian bin ich mir nicht so sicher. Er ist zwar normalerweise sanft wie ein Lamm, aber stille Wasser sind bekanntlich tief. Man weiß ja nie, wie der aktuelle Freund reagiert, wenn man ihm einen ihm unbekannten Mann vorstellt mit den Worten: »Das hier ist übrigens mein Bräutigam. Wir heiraten in drei Wochen.«

Ich krieche auf allen vieren, vorbei an diversen Verkaufstischen, weiter in Richtung Toilette. Bei einem Tisch, der voll gepackt mit Playmobil ist, stoße ich auf ein Hindernis. Es ist der Bauch eines sechsjährigen Jungen, der aussieht wie Harry Potter in Blond. Er schaut mich durch seine Brille an, als wäre ich eine Hexe. Eine von den bösen natürlich.

»Was machst du da?«

»Ähm ... aha ... ich ... Wir spielen Cowboy und Indianer, und ich bin das Pferd.«

»Wo sind die Indianer?«

»Da drüben.« Ich deute vage in Richtung Adrian.

»Seh nix.«

»Die sind eben gut in Deckung.«

»Darf ich auf dir reiten?«

»Das ist ehrlich gesagt keine so gute Idee.«

»Ich will aber. Ich bin der Cowboy.«

Der Kleine macht tatsächlich Anstalten, auf meinen Rücken zu klettern.

Hilfe!

Zum Glück kommt in diesem Moment seine Mutter angerannt und zerrt den Jungen von mir weg. Nicht ohne mir einen befremdeten Blick zuzuwerfen. Ich tue so, als ob ich auf dem Boden etwas suche und versenke mich vor lauter Peinlichkeit ganz in den Dreck des Fußbodens. Das da drüben dürfte ein Brotkrümel sein. Und hinten beim Tischbein liegt ein einsamer Knopf, den irgendeine Jacke wahrscheinlich schrecklich vermisst.

Als ich wieder aufblicke, ist die Mutter weg.

Dafür steht Adrian vor mir.

»Sophie?????«

»Adrian?????«

»Was machst du denn hier?«

»Ich ... ähm ... ich ...«

Ich stehe schnell auf. Viel zu schnell für meine Bandscheiben. Nicht auszudenken, wenn der Kleine sich eben da draufgesetzt hätte. Ich müsste den Rest meines Lebens im Vierfüßlerstand verbringen.

»Ich habe einen Ohrring verloren ... Nicht weiter wichtig, war sowieso nix Teures. Wollte nur mal so ein bisschen rumschauen. Die Tochter eines Freundes meiner Freundin hat bald Geburtstag. Aber was machst du hier?«

»Ein Geburtstagsgeschenk für meine Nichte suchen. Ich hab dir doch erzählt, dass sie morgen vier wird. Aber lass dich erst mal begrüßen.«

Adrian umarmt und küsst mich.

Ich bin viel zu perplex, um zu reagieren, und schiele mit einem Auge nach hinten in die Haushaltswarenabteilung, wo Max zum Glück immer noch mit der Verkäuferin quatscht.

»Tut das gut, dich zu sehen ...«

Adrian lässt mich los.

»Ich habe dich so vermisst! Hast du meine Nachricht nicht bekommen?«

Er sieht mich erwartungsvoll an.

Ich sage erst mal nichts. Ich kann an nichts anderes denken als an Max, der dahinten steht. Und dass ich irgendwann mal geglaubt habe (zugegeben, war vielleicht etwas naiv), dass ich längst geschieden bin, bis Adrian zurückkommt (oder zumindest auf jeden Fall getrennt von Tisch und Bett lebe) und dass Adrian ja schließlich nicht alles wissen muss (jeder Beziehung tut es schließlich gut, wenn man ein paar kleine Geheimnisse voreinander hat, sonst geht doch gleich die ganze Spannung verloren).

So naiv war es nun auch wieder nicht, denn laut Adrians Konzertplan hätte das terminlich alles ganz wunderbar gepasst.

Hätte.

Adrian steht immer noch erwartungsvoll vor mir.

Was will er denn?

Und dann fällt es mir ein.

Ich strahle Adrian an.

»Ohhh ... öhh ... nöö, habe keine Nachricht bekommen. Mein Anrufbeantworter funktioniert zur Zeit nicht richtig. Ich habe dich auch ganz doll vermisst, und eigentlich habe ich gar nicht damit gerechnet, dass du kommst, lass uns doch schnell einen Kaffee zusammen trinken und dann ...«

Ich hakte mich bei Adrian unter, um ihn aus der Gefahrenzone zu ziehen.

»Gleich, ich muss das erst noch bezahlen.«

Adrian hält einen niedlichen rosa Stoffhasen an den Ohren hoch.

Ich könnte schwören, der Stoffhase grinst mich für eine Sekunde höhnisch an und bleckt die Zähne.

Adrian zieht mich hinter sich her in Richtung Kasse, die leider auch die Kasse für die Haushaltswaren ist. Max ist nur ein paar Meter entfernt.

»Adrian, willst du nicht lieber was anderes kaufen? So ein Stoffhase ist doch langweilig, ich kenne da ein paar Häuser weiter ein tolles Spielwarengeschäft ...«

»Nadine will aber unbedingt diesen Hasen. Dauert nur zwei Minuten, dann können wir gehen.«

Adrian marschiert weiter in Richtung Kasse.

Max sucht inzwischen schon nach mir. Was mach ich bloß?

Max geht ein paar Schritte in unsere Richtung. Noch hat er mich nicht gesehen.

Ich packe Adrian am Arm.

»Du, ich muss mal ... ganz dringend ... bis gleich.«

Ich hauche ihm noch ein Küsschen auf die Wange und verschwinde im Laufschritt in Richtung Toilette.

Uff.

Das war knapp.

Schnell schließe ich die Toilettentür hinter mir.

Mein Herz rast.

Die Toilette ist vollkommen leer.

Keine Kabine besetzt.

Gott sei Dank.

Und es ist eine reine Damentoilette – welch Luxus, welche Schönheit, wie beruhigend, ein Ort des Friedens und der Kontemplation –, völlig ohne Männer (ich werde unsere Unisex-Toilette in der Kanzlei irgendwann in die Luft sprengen).

Weder Max noch Adrian können mir hierher folgen.

Frauen brauchen solche Rückzugsmöglichkeiten.

Ich versuche eines der Fenster zu öffnen.

Frische Luft.

Völlig unmöglich. Die Fenster sind regelrecht zugeschweißt.

Hier gibt's nur Klimaanlage.

So ein Mist.

Wenn ich nicht gleich frische Luft bekomme, kippe ich um.

Aber wenn ich jetzt rausgehe, laufe ich wahrscheinlich Adrian und Max in die Arme.

Und dann habe ich die Idee.

Mein Handy!

So. Das wäre erledigt. Ich habe Adrian auf seinem Handy angerufen und ihm gesagt, dass ich einen dringenden juristischen Notfall habe und leider sofort los muss. Wir haben uns heute Abend zum Abendessen in einem – wie könnte es anders sein – japanischen Restaurant verabredet, bevor er wieder auf den Flieger nach Ikealand muss.

Ich habe in Ruhe gepinkelt. Dann noch einmal in Ruhe bis hundert gezählt, und jetzt ist die Luft bestimmt rein.

Als ich die Tür öffne, stoße ich direkt mit Max zusammen.

»Da bist du ja. Ich dachte, du wolltest gleich wiederkommen? Ich habe fast eine halbe Stunde auf dich gewartet. Damit hat du den Rekord fürs Frauen-Pinkeln gewonnen. Ich dachte schon, du hast mit den anderen Mädels auf der Toilette schnell noch mal 'ne Botox-Party gefeiert. Ich war kurz davor, hier einfach reinzumarschieren.«

»Sorry, Max, hat etwas länger gedauert. Mir war etwas flau. Aber jetzt ist alles okay, wir können weitermachen. Ich bin bereit.«

Wir marschieren in Richtung Hochzeitstische.

Und laufen fast direkt in Adrian rein. Er steht bei den Woks und lässt sich von der überschminkten Verkäuferin beraten.

Der mit seinem asiatischen Kochfimmel!

Hätte ich mir denken können, dass er noch bei den Stäbchen hängen bleibt.

Ich kann Max gerade noch packen und in Richtung Aufzüge abdrängen.

»Hey, was soll das? Ich dachte, wir wollen heute das ganze Tischtrara hinter uns bringen?«

»Ja, wollte ich auch. Aber wir müssen hier raus.«

»Was soll das?«

Gott sei Dank geht die Aufzugtür gleich auf. Wir steigen ein. Bei Max muss ich etwas nachhelfen. Eine ältere Dame, die schon im Aufzug steht, schaut etwas erschrocken. Sie hat zu meinem Erstaunen die Kopfhörer eines MP3-Players auf und hört ziemlich laut etwas, das sich nach Metallica anhört.

»Erklär ich dir später.«

»Jetzt.«

»Später.«

»Jetzt.«

»Nein.«

»Doch.«

Max macht Anstalten, den Nothalteknopf zu drücken. Wir befinden uns zwischen zwei Stockwerken. Die ältere Dame gibt einen erstickten Schrei von sich.

»Neeeeeeinnnnnnnnnnn!!!!!!«

Mein Schrei ist erheblich lauter.

Ein klein wenig ab und zu und hin und wieder leide ich manchmal unter Anflügen von Klaustrophobie. Nur ansatzweise. Aber ich möchte auf gar keinen Fall in einem Aufzug stecken bleiben. Normalerweise nehme ich immer die Treppe oder die Rolltreppe. Aber das ging ja diesmal nicht.

Max sieht mich mit bohrendem Blick an – seine Hand schwebt immer noch kurz vorm Nothalteknopf.

Ich entschließe mich für das kleinere Übel. Mit Max habe ich schließlich keine Beziehung, also gibt es keinen Grund, irgendwas vor ihm zu verheimlichen.

»Wir müssen dringend aus diesem dämlichen Kaufhaus raus, weil da oben bei den Woks gerade zufällig mein derzeitiger Freund steht, und ich nicht möchte, dass ihr beide euch begegnet.«

»Da oben stand wer?«

»Mein derzeitiger Freund.«

Der Aufzug öffnet sich. Eine Mutter mit einem Baby auf dem Arm und Kinderwagen drängt sich umständlich rein.

»Dein derzeitiger Freund? Und du willst nicht, dass wir beide uns begegnen? Heißt das, dass er nicht weiß, dass wir in drei Wochen heiraten werden?«

»Nun ja ... ich ...«

»Also was jetzt?«

Ich fühle mich in die Ecke gedrängt. Gefällt mir gar nicht. Ich habe schließlich kein Verbrechen begangen und stehe nicht vor Gericht. Zumindest nicht als Angeklagte.

Die Mutter mit Baby mustert uns neugierig. Die alte Dame nimmt die Kopfhörer ab.

»Ich hielt es nicht für nötig, ihm das zu sagen und ihn unnötig aufzuregen. Er sollte nämlich eigentlich gar nicht in München sein.«

»Ah, ich verstehe. Dein Freund sollte bei deiner Hochzeit besser nicht in München sein.«

»Nun ja ... ich ...«

Ich muss zugeben, so wie Max das formuliert, klingt es schon etwas seltsam.

Ich drehe mich kurz zu den beiden Frauen um.

»Es ist überhaupt nicht so, wie Sie vielleicht jetzt denken.«

Und zu Max gewandt, sage ich: »Also ich weiß überhaupt nicht, warum du dich aufregst, wir heiraten schließlich bloß, und sonst bleibt alles beim Alten – so war die Abmachung. Du bist doch nicht etwa eifersüchtig?«

»Bin ich nicht.«

»Dann weiß ich nicht, warum du dich so aufregst.«

»Warum hast du nicht deinen Freund gefragt, ob er dich heiratet?«

»Er hätte vielleicht Ja gesagt, und es auch so gemeint.«

Max drückt auf den Nothalteknopf.

Der Aufzug bleibt mit einem Ruck stehen.

Wir hängen zwischen dem zweiten und dem ersten Stock.

Die beiden Frauen hinter mir scheinen das gar nicht zu bemerken. Sie folgen atemlos unserer Unterhaltung.

Auch das Baby ist still.

»Max, nicht! Bring den Aufzug wieder in Bewegung. Ich ...«

»Meine liebe Sophie Liebe: Von allen Frauen, die ich jemals getroffen habe, hast du wirklich den größten Knall. Und ich kenne ein paar Wahnsinnige. Aber du bist wirklich total und vollkommen durchgeknallt! Weil er Ja sagen würde! Ich fasse es nicht! Die meisten Frauen, Sophie, würden liebend gern heiraten!«

Im Augenwinkel sehe ich, wie die Mutter und die ältere Dame energisch nicken. Sogar das Baby nickt.

Max ist nicht mehr aufzuhalten.

»Ich will dir mal was sagen: Du willst nur nicht heiraten, weil du ...«

Maxens Stimme entfernt sich immer weiter von mir. Er wird immer leiser, obwohl er direkt neben mir steht. Ich kann kein Wort mehr verstehen.

Seltsamerweise wird der Aufzug dabei immer kleiner.

Und kleiner. Und kleiner. Und kleiner.

Und die Wände rücken näher. Und näher. Und näher.

Und dann wird alles schwarz.

Max sieht mich prüfend an.

»Sophie? Alles klar mit dir?«

Ich nicke.

Aber meine Knie sind noch ziemlich weich. Wir stehen draußen vor dem Kaufhaus.

Die frische Luft tut gut. Auch wenn wir direkt am Stachus sind, der Verkehr an uns vorbeibraust, und ich mit jedem Atemzug jede Menge Gift inhaliere. Ich könnte genauso gut wieder anfangen zu rauchen.

Ich bin tatsächlich im Aufzug in Ohnmacht gefallen.

Die erste Ohnmacht meines Lebens. Und hoffentlich die letzte. Angenehm ist das nicht, einfach umzukippen. Es ist, als ob ein riesiges schwarzes Loch aufgeht und dich mit Lichtgeschwindigkeit reinzieht. Es ist wie mit den schwarzen Löchern und den Raumschiffen in den Science-Fiction-Filmen.

Zwuuuuuschhhhhhhh.

Aus und vorbei. Zumindest hat es sich so angefühlt.

Gott sei Dank ist mir nichts weiter passiert, Max hat mich rechtzeitig aufgefangen.

»Lass uns nach Hause gehen.«

Ich habe das dringende Bedürfnis, mich hinzulegen.

Max winkt nach einem Taxi.

»Ich sage alles ab.«

»Was?« Max blickt mich erstaunt an.

»Die Hochzeit. Die Feier. Das ganze Drumherum.«

»Du spinnst.«

»Nein. Tut mir Leid, Max. Aber das ist doch alles völlig verrückt.«

»Stimmt.«

»Ich gehe jetzt nach Hause und sage meiner Mutter, dass du und ich, dass wir …«

»Dass wir was?«

»Dass wir uns gestritten haben und uns trennen werden.«

»Schon wieder eine Lüge? Und deine Mutter?«

»Ist mir alles egal. Sie wird das schon verkraften. Und wenn nicht, dann nicht. Ich kann einfach nicht mehr.«

Ich merke, wie mir Tränen in die Augen schießen.

Mist. Ich heule ungern in der Öffentlichkeit.

Ein Taxi hält.

»Okay, steig ein.«

Wir setzen uns beide auf die Rückbank.

»Kapuzinerstrasse bitte.«

»Aber das ist nicht meine Wohnung. Ich will nach Hause.«

»Ich weiß.«

Max beugt sich zum Taxifahrer.

»Fahren Sie trotzdem in die Kapuzinerstrasse.«

Ich lasse mich erschöpft in die Polster sinken.

Ich bin sogar zum Streiten zu müde.

»Wo sind wir hier?«

Max hat das Taxi bezahlt und mich durch ein kleines schmiedeeisernes Tor geführt, das in einer großen Ziegelsteinmauer eingelassen ist.

Ich schaue mich um.

Ist das da drüben etwa ein Grabstein? »O Gott, sag jetzt nicht, dass das ein Friedhof ist.«

Ich blicke Max entsetzt an.

»Doch, ist es. Hier gibt es Ruhe und frische Luft. Und das braucht du gerade, glaube ich.«

»Ich hasse Friedhöfe! Ich gehe nie auf Friedhöfe! Das hat so was Endgültiges. Meine Mutter wird vielleicht bald sterben, und du zerrst mich auf einen Friedhof? Hast du sie noch alle? Glaubst du, dass sich hier meine Nerven beruhigen?«

»Es wird höchste Zeit, dass du dich an Friedhöfe gewöhnst. Und an den Gedanken, dass deine Mutter sterben wird. Und daran, dass du sterben wirst.«

Das war ein bisschen viel sterben auf einmal.

Und an sich kann Max ja auch mal denken. Er ist nämlich auch irgendwann dran.

Eigentlich gar nicht so schlecht hier.

Es sieht fast aus wie in einem Park. Große alte Bäume, durch die flirrendes Sonnenlicht fällt. Vögeln zwitschern. Ein paar Engel sind vom Himmel gefallen und stehen versteinert und moosbewachsen in den Ecken. Eine von Efeu überwucherte Backsteinmauer, die alles einrahmt.

Keine Zombies.

Ich hole tief Luft.

Nun gut.

»Geht's?«

Ich nicke und folge Max, der langsam auf eine Bank zusteuert.

Wir setzen uns.

Es ist wirklich sehr friedlich hier.

Schräg gegenüber wacht ein Engel über einem großen Grab. Ein sehr leicht bekleideter Engel. Trägt nur so ein dünnes Toga-Hemdchen, das auch noch einen Busen freilässt. Und was für einen Busen. Eine Figur wie Pamela Anderson. Und das auf einem Friedhof.

Ich schätze, die Jungs wollen einfach nie auf ihren Spaß verzichten.

»Tut mir Leid, dass du vorhin umgekippt bist. Ich wollte dir keine Angst einjagen. Ich wusste nicht, dass du klaustrophobisch bist.«

»Bin ich ja auch nicht. Nur so ein ganz klein wenig. Schon gut. Du konntest das ja nicht ahnen.«

»Willst du wirklich alles absagen?«

Max blickt mich an.

»Ich denke, ja.«

»Mmmmmh. Du musst wissen, was du machst.«

Max legt sich quer auf die Bank.

Ich bleibe sitzen.

Ich betrachte ihn von der Seite. Er sieht gerade verdammt gut aus, wie er so da liegt, die Augen geschlossen, ein paar versprenkte Sonnenstrahlen auf seinem Gesicht. Wieso ist er eigentlich nicht schon längst im Hafen der Ehe gelandet?

»Hast du eigentlich jemals einer Frau einen Heiratsantrag gemacht?«

Keine Ahnung, warum ich Max das jetzt frage. Ging mir plötzlich so durch den Kopf.

»Nein, aber einem Mann.«

Ich muss leider kichern.

»Komm, sag schon. Hast du oder hast du nicht?«

»Nein, ich habe nicht, aber beinahe hätte ich.«

»Und warum hast du nicht?«

»Weil ich wusste, dass sie Nein sagen würde.«

»Oh.«

»Und wieso warst du dir so sicher, dass sie Nein sagen würde?« Max und ein Heiratsantrag.

Da schau her. Hätte ich nicht von ihm gedacht.

»Ich wusste es einfach.«

»Wie kann man etwas wissen, wenn man es nicht ausprobiert hat?«

Max sieht mich nachdenklich an.

»Tja, Sophie, ich schätze, das ist eine gute Frage …«

Er grinst mich an.

Wie meint er das jetzt?

»Vielleicht hätte ich es doch tun sollen.«

»Bereust du es?«

»Nein.«

»Aber vielleicht hätte sie doch Ja gesagt.«

»Sicher nicht.«

»Man kann nie wissen und …«

»Sophie, die Frau, die ich beinahe gefragt hätte, warst du.«

Für einen Moment bin ich vollkommen sprachlos.

Ich?

Max wollte mir einen Antrag machen?

Alles hätte ich gedacht, aber nie im Leben das.

War ich blind?

War ich blöd?

Wahrscheinlich beides gleichzeitig.

»Max, ich … das finde ich, tja … sehr … sehr … Aber wir haben uns doch immer nur gestritten?!«

»Ja, aber ich konnte mit keiner so gut streiten wie mit dir, Sophie.«

»…«

Max steht abrupt auf.

»Sophie, kein Problem, mach dir nicht ins Hemd. Wenn du alles absagen willst, ich bin dabei. Und jetzt muss ich los ins Labor, ein paar Abzüge abholen. Wir sehen uns später!«

Und weg ist er.

Ich sitze einen Moment lang völlig perplex da.

Die Bäume über mir flirren im Sonnenlicht.

Die Vögeln zwitschern so laut, dass es sich fast wie ein Gekreische anhört.

Dann renne ich Max hinterher.

»Max, warte.«

Max dreht sich um.

»Ich ... ich ...«

»Ja?«

»Ich ... ich ...«

In meinem Kopf rasen tausend Gedanken, und ich bekomme keinen zu fassen.

»Ich ...«

Max sieht mir direkt in die Augen.

Die Vögel über uns hören auf zu zwitschern.

»Ich ... ich bin sehr froh, dass du das alles für mich machst ... mitmachst ... mitgemacht hast, und ...«

»Schon gut, Sophie, schon gut. Ich bin sicher, es wird noch ziemlich viele Prozesse in meinem Leben geben –, du kannst dich sicher revanchieren.«

Max dreht sich um und geht.

Ich bleibe stehen.

Alleine.

Dolce
./.
Gabbana

Gott, bin ich froh, wenn ich das alles hinter mir habe.«

»Aber Kinder, es sind doch nur noch acht Tage bis zum großen Tag, und dann habt ihr es geschafft. Und von dir, liebes Töchterlein, könnte ruhig etwas mehr Enthusiasmus kommen. Es ist schließlich deine Hochzeit.«

Wie gut, dass meine Mutter mich daran erinnert. Sonst könnte ich meinen, sie sei diejenige, die heiraten wird. Sie strahlt von uns allen jedenfalls am meisten und lebt bei der ganzen Sache sichtlich auf.

Während ich von Tag zu Tag blasser werde. Schließlich muss ich neben diesem ganzen Hochzeitswahnsinn auch noch ein paar Scheidungen hinter mich bringen.

»Wir nehmen doch die fünfstöckige.«

»Das ist aber auch wirklich die schönste Torte! Ich sag's immer, bei einer Hochzeit soll man klotzen und nicht kleckern, schließlich heiratet man nur einmal ...«

Kicher. Kicher.

»... oder zweimal oder dreimal.«

Kicher. Kicher.

Und meine Mutter kichert mit.

Wir stehen in Frau Konrads Bäckerei (es ist sechs Uhr morgens), und eine strahlende Frau Konrad zeigt uns eine Hochzeitstorte nach der anderen.

Sie hat die Dinger wirklich als Gipsmodelle im Keller stehen. Mit Verzierungen und allem drum und dran. Als könnte man sofort reinbeißen, um sich für immer von seiner Figur zu verabschieden – oder im Fall der Gipsmodelle von seinen Zähnen.

Für meine Dekoration hat sich Frau Konrad wirklich was ganz Besonderes einfallen lassen: Ganz oben auf der Torte steht groß Justitia mit ihrer Waage, und auf den beiden Waagschalen rechts und links stehen Braut und Bräutigam.

Meine Mutter ist entzückt von dem Modell.

Okay.

Ich geb's zu.

Natürlich habe ich es nicht geschafft, die Hochzeit abzublasen. Ich hatte den festen Vorsatz, alles zu gestehen, Schluss zu machen mit dieser Lüge, aber dann …

Es ging einfach nicht.

Meine Mutter zwinkert mir und Max zu und zieht sich mit Frau Konrad zurück, um die Tortenfüllung zu besprechen.

Ich setze mich auf einen Sack mit Mehl. Mit meinem dunkelblauen Business-Anzug.

Was soll's. Ich bin hundemüde. Wenigstens hat Frau Konrad uns mit frischen Croissants und Kaffee versorgt.

Max lässt sich neben mich auf den Boden fallen und beißt herzhaft in so ein Ding mit Schoko.

»Deine Mutter hat wirklich eine unglaubliche Energie. Bei ihrem Gesundheitszustand.«

»Wenn das noch länger so gehen würde, wäre ich wahrscheinlich diejenige, die irgendwann einen Herzinfarkt bekäme. Zehn Stunden Büroarbeit und hundert Stunden Hochzeitsvorbereitungen täglich. Ich bin froh, wenn alles vorbei ist und ich mein Leben wiederhabe. Wenn alles wieder so ist wie vorher.«

»Ich glaube nicht, dass das möglich sein wird.«

»Und ob das möglich sein wird.«

»Immerhin warst du dann mal verheiratet und bist dann geschieden.«

»Geschieden?«

Klar.

Max hat ja Recht. Darüber habe ich eigentlich noch gar nicht so richtig nachgedacht.

Ich bin eine geschiedene Frau.

Wie das klingt! Wenn ich es mir recht überlege, klingt das (natürlich nur, wenn man über dreißig ist) besser als: Ich bin Single.

Und wie viel besser wird das erst nach vierzig oder nach fünfzig klingen: Ich bin eine geschiedene Frau.

Ich lasse mir das auf der Zunge zergehen.

Das klingt nach Erfahrung.

Nach Schmerz. Nach Leben. Nach Tragik. Nach Drama.

Nach Anna Karenina und Scarlett O'Hara.

Auch wenn die beiden nicht wirklich geschieden waren.

Geschieden: Das klingt einfach super. Vor allem, wenn man diesen Zustand so wie ich ohne negative Begleiterscheinungen erreicht hat.

Ehrlich gesagt: Ich bin Single, das klingt toll bis Anfang dreißig.

Ungebundenheit, Freiheit, wilder Sex.

Danach, mit vierzig, hat es schon was von Torschlusspanik. Es klingt eher nach: Ich-bin-leider-immer-noch-Single. Und man fängt sich damit von händchenhaltenden und kinderwagenschiebenden Pärchen durchaus schon mal mitleidige Blicke ein.

Nach fünfzig klingt es geradezu unmöglich. Da sagt man doch eher: »Ich bin allein stehend.«

Grauenhaft.

Als ob du permanent alleine in einer Ecke des Lebens rumstehst und keiner mehr mit dir spielen will.

Aber ich werde eine geschiedene Frau sein.

Nicht schlecht.

»Tut uns Leid, wir haben nur noch ein Doppelzimmer frei.«

»Das ist nicht ihr Ernst.«

»Ich fürchte doch.« Die Dame an der Rezeption zuckt bedauernd mit den Schultern.

O nein, das darf doch nicht wahr sein.

Ich werfe Max einen Blick zu, der mit Unschuldsmiene neben mir steht. Ich wende mich wieder der Rezeptionsdame zu.

»Könnten Sie uns einen Augenblick entschuldigen.«

»Aber natürlich ...«

Ich packe Max am Arm und ziehe ihn in die nächste Ecke.

»Sag mir, dass das hier kein Trick ist.«

»Wieso Trick?« Max sieht mich verständnislos an.

»Also du machst mir diesen Vorschlag, vor der Hochzeit noch schnell mal auszuspannen, so ein bisschen Ruhe vor dem Sturm, und willst mit mir in unser kleines Hotel am See, und dann kommen wir hier an, und es ist nur noch ein Doppelzimmer frei, und ...«

»Ja, und?«

»Und ... und ich ... ich ... ein Doppelzimmer, ich meine, Max, du weißt, dass ...«

»Dass was?«

»Nun, dass eben.«

Max schaut verdutzt, dann bricht er plötzlich in lautes Gelächter aus.

»Jetzt versteh ich, du denkst, damit will ich dich doch noch ins Bett kriegen …«

Max lacht Tränen.

»Sophie, ich hatte keine Ahnung, dass die nur noch ein Zimmer frei haben. Sorry, da muss ich dich enttäuschen: kein Trick. Können wir jetzt nach oben gehen?«

Ich nicke.

Bleibt mir ja nichts anderes übrig.

Max schnappt sich den Schlüssel und geht voraus.

Er kichert immer noch vor sich hin.

Was gibt's hier eigentlich zu lachen?

Ach, ist das schön hier.

Unser kleines Hotel. Eigentlich eher eine Pension.

Als Max und ich zusammen waren, sind wir ein paar Mal hier untergetaucht.

Elf Zimmer, irgendwo im Nirgendwo, direkt an einem kleinen, glasklaren Waldsee, in dem man wundervoll schwimmen kann. Sehr freundliche Bedienung und super Essen.

Ach, ich liebe diesen Ort.

Seit unserer Trennung war ich nicht mehr hier.

Schade eigentlich.

Ich liege hier im Bikini am Steg, aale mich und lass mir die Sonne auf den Bauch brennen.

So viel schöne freie Zeit hatte ich schon ewig nicht mehr.

Und schon lange nicht mehr so viel Spaß.

Wir sind geradelt, geschwommen, gewandert und haben zwischendurch immer wieder hervorragend und auf jeden Fall viel zu viel gegessen.

Max hockt ein paar Meter weiter auf dem Steg und hält voller Optimismus eine Angel ins Wasser.

Er hat hier noch nie was gefangen. Aber er sagt, es sei die beste Meditation, einfach so dazusitzen und auf die Fische zu warten. Die er dann ohnehin wieder in die Freiheit entlässt, wenn sie anbeißen.

Seltsam.

Max hat wirklich nicht versucht, mich anzumachen.

Vorsichtshalber habe ich die letzten beiden Nächte mit Jeans, T-Shirt und BH geschlafen.

Man weiß ja nie.

Schließlich kenne ich Max, normalerweise lässt er sich keine Gelegenheit entgehen.

Deshalb muss er in meiner Wohnung auch auf dem Sofa schlafen, dann kommt er wenigstens nicht dauernd in Versuchung. Vielleicht ist dieser ständige Drang zum Anmachen genetisch bedingt.

Vielleicht liegt es ja an der Bergluft, aber die letzten beiden Nächte ist Max in Sekundenschnelle neben mir eingeschlafen.

Im Gegensatz zu mir.

War irgendwie schon ein komisches Gefühl, mitten in der Nacht wieder so neben ihm zu liegen.

Damals sind wir immer in Löffelchenstellung eingeschlafen. Ist ja klar, dass das jetzt nicht mehr geht. Zumal Max völlig ungeniert wie immer völlig nackt schläft – ob ich daneben liege oder nicht. Scheint ihm völlig gleichgültig zu sein.

Vielleicht konnte ich deshalb ewig nicht einschlafen. Oder es lag an meinen knallengen Jeans. Ist ja nicht gerade die bequemste Art, im Bett zu liegen.

»Was hast du eigentlich meiner Mutter gesagt, dass sie so ganz darauf verzichtet hat, uns dieses letzte verlängerte Wochenende quer durch ganz München zu schleppen, auf der Suche nach Hochzeitsdies und Hochzeitsdas?«, rufe ich zu Max rüber.

»Ich habe ihr klargemacht, dass wir dringend so was wie vorgezogene Flitterwochen brauchen.«

»Flitterwochen? Sie sind in den Flitterwochen?«

Vor mir steht die nette Besitzerin des Hotels. Sie verteilt gerade frische Handtücher.

Frau Jagdfeld ist schon gut über sechzig und das, was ich als eine Mutter der Kompanie bezeichnen würde. Sie ist der gute Geist des Hotels und trägt viel dazu bei, dass ich mich hier so wohl fühle. Dabei hat sie die Eleganz von Coco Chanel, gepaart mit der Zähigkeit von Katherine Hepburn.

»Das wusste ich ja gar nicht. Ich lass Ihnen gleich eine Flasche Champagner aufs Zimmer kommen. Das freut mich aber sehr, dass Sie endlich geheiratet haben. Wissen Sie, ich habe selten ein Paar erlebt, das so verliebt ist, und so gut zusammenpasst wie Sie beide. Das erinnert mich an die glücklichen Jahre mit meinem Mann, als er noch lebte. Ich wünsch Ihnen alles Gute!«

Und noch bevor ich die Sachlage richtig stellen kann, ist Frau Jagdfeld auch schon wieder auf dem Weg ins Hotel.

Ich blicke ihr verwundert hinterher.

Und dann springe ich ins kalte Wasser.

Nass. Nass. Nass.

Es regnet.

Vielmehr gießt es in Strömen.

Wenigstens regnet es erst jetzt, wo wir wieder in die Stadt, in den Hochzeitswahnsinn, zurückmüssen.

Unsere »vorgezogenen Flitterwochen« sind leider schon vorbei.

Schade.

War schön, mal wieder dort zu sein.

Max fährt wie ein Wilder.

Männer müssen einfach immer zeigen, dass sie echte Männer sind.

Der Scheibenwischer schafft es kaum noch.

Aber wenigstens ist die Musik super.

Ich singe laut mit.

Max scheint das nicht zu stören, manchmal grölt er auch ein paar Zeilen mit.

Aber wenn er so weiterfährt, muss ich mich in der nächsten Kurve übergeben. Mir ist jetzt schon ziemlich flau.

»Max, könntest du vielleicht eventuell etwas langsamer ...«, schreie ich gegen die Red Hot Chili Peppers an.

In diesem Moment tritt Max voll auf die Bremse.

Der Wagen kommt leicht ins Schleudern.

Dann hält er.

Also so habe ich das eigentlich nicht gemeint.

Ich kann mein Frühstück gerade noch mit Mühe unten halten.

Wir sind mitten in einem kleinen Kaff.

»Bist du völlig verrückt geworden? Willst du uns beide umbringen?«

»Warte hier ... zwei Sekunden.«

Max springt aus dem Auto und rennt durch den strömenden Regen in den Tante-Emma-Laden, an dem wir gerade vorbeigefahren sind.

Ich schalte mal kurz um auf Radio.

Daniel Küblböck übergibt sich in ein Mikro.

Ich schalte das Radio sofort wieder aus.

Max reißt die Autotür wieder auf.

Seine Haare sind klatschnass.

»Was hast du denn da drin so dringend …«
Max drückt sich auf den Fahrersitz.
»Augen zu.«
»Wieso? Ich …«
»Augen zu. Und erst aufmachen, wenn ich es dir sage.«
Na gut. Dann mach ich eben die Augen zu.
Irgendetwas raschelt. Hoffentlich hat Max eben kein Lebendfutter für Lenny besorgt.
»Okay, aufmachen.«
Ich öffne die Augen – auf alles gefasst.
Max hält mir so ein komisches Ding hin. So ein Teil aus gelbem Plastik, das es in den Überraschungseiern gibt.
»Aufmachen.«
Ich blicke ihn fragend an.
»Mach schon.«
Ich öffne es. Gar nicht so einfach.
O Mann.
Ich glaub's nicht.
Darin funkelt ein Ring.
Ein wunderschöner Ring.
»Max, das … Was ist das?«
»Ein Ring.«
»Das seh ich.«
»Dein Verlobungsring.«
»Mein was?«
»Dein Verlobungsring. Ich finde, wir sollten nicht heiraten, ohne verlobt gewesen zu sein.«
»Max, also ich …«
Ich weiß nicht, was ich sagen soll.
Oder wie ich das finden soll.
»Das kann ich nicht annehmen.«
»Probier doch mal.«

Ich schaue Max unsicher an.

Max nickt.

»Er beißt dich ja nicht, und ich wollte einfach auch was zur Hochzeit beisteuern. Schließlich hat deine Mutter ja für den ganzen Rest gesorgt.«

»Aber das war doch nicht nötig, ich meine …«

»Kein Problem. Zwei Euro fünfzig! Hab ich drüben im Laden aus dem Kaugummiautomaten gezogen …«

Aus dem Kaugummiautomaten.

Aus dem Kaugummiautomaten?

Ich wusste gar nicht, dass es darin mittlerweile so schöne Dinge gibt. Max startet den Motor und fährt los.

Der Regen klatscht immer noch gegen die Scheibe.

Ich schiele immer wieder verstohlen auf den Ring.

Er ist wirklich schön.

Sehr schön.

Ich bin verlobt.

Na so was.

Ich liege im Bett und beobachte abwechselnd den Ring, der im Mondlicht an meinem Finger funkelt oder die Muster, die die Scheinwerfer der vorbeifahrenden Autos an die Decke werfen.

Übermorgen ist mein Hochzeitstag.

Dass ich mal meinen eigenen, echten, ganz persönlichen Hochzeitstag erleben würde –, ich hätte das nie geglaubt.

Wenn ich ehrlich bin, war der einzige Mensch, den ich bisher jemals heiraten wollte, ich selbst.

Da weiß man, was man hat. Leider sind sie mit dem Klonen noch nicht weit genug fortgeschritten. Wenn ich mich selbst heiraten könnte –, wir wären das ideale Paar: nie Streit um den Urlaubsort oder um geöffnete Zahnpastatuben. Vielleicht würde es uns beiden auf Dauer etwas langweilig?

Ach.

Zum ersten Mal kann ich verstehen, warum Frauen heiraten wollen.

Eine Hochzeit fühlt sich ein bisschen an wie Weihnachten.

Ein gigantisch großes, ganz persönliches Weihnachten.

Jede Menge Geschenke, ein großes Fest mit zu viel Essen, einen garantierten Familienkrach, und trotzdem haben alle gute Laune.

Max klopft leise an die Tür.

»Bist du noch wach?«

Er schläft wieder draußen auf der Couch. Das Hotel war eine Ausnahme. Ich will schließlich nicht die ganze Zeit in Jeans und T-Shirt im Bett liegen.

»Ja …«

»Ich dachte nur gerade, heiraten fühlt sich ein bisschen an wie Weihnachten. Findest du nicht auch?«

»Finde ich auch …«

»Gute Nacht.«

»Gute Nacht.« Murmelt Max draußen vor der Tür.

Ja.

Heiraten ist gar nicht so schlecht.

Ich kuschele mich in mein Kissen und drehe mich noch dreimal in meinem Bett um.

Und dann entschlummere ich sanft in das Land der Riesentorten, in dem alle Menschen aus Marzipan bestehen, die Häuser aus Baiser sind und es nur Puderzucker schneit.

Mit einem Ruck komme ich wieder in die Realität zurück.

Es ist früher Morgen.

Mutter steht vor meinem Bett. Wie aus dem Erdboden geschossen. Mit mehreren Tüten.

Mitten in meinem Schlafzimmer.

Natürlich hat sie nicht angeklopft.

Schon damals, als ich noch klein war, hat sie darauf verzichtet.

Und ich merke, dass sich nichts verändert hat.

Schließlich hätte sie mich und Max ja auch beim ... erwischen können. Rein theoretisch.

»Frühstück.«

Mist.

Max pennt noch auf dem Schlafsofa im Wohnzimmer.

Meine Mutter blickt sich auch schon suchend um.

»Wo ist denn Max?«

»Ähm ... Im Bad, nehm ich mal an«, murmele ich, springe aus dem Bett und versuche Mutter direkt in die Küche zu schleusen.

Ohne Erfolg.

Die Tür zum Wohnzimmer steht offen.

»Max?«

Und dann entdeckt sie Max schlafend auf dem Sofa.

»Ihr habt euch gestritten.«

»Nein, Mama, wir haben uns nicht gestritten.«

»Gib es zu, ihr habt euch gestritten. Kind, wie oft habe ich dir schon gesagt, dass du lernen musst, diplomatischer zu sein. Umgänglicher. Wie stehst du denn da, wenn er dir jetzt noch abspringt.«

»Max wird nicht abspringen, Mutter.«

»Und wenn doch?«

»Wird er nicht.«

»Warum nicht?«

»Weil wir uns nicht gestritten haben.«

»Und warum übernachtet er dann im Wohnzimmer?«

»Weil ... ... weil ich nachts so schnarche.«

Mist. Eigentlich wollte ich natürlich sagen, weil er nachts so schnarcht.

»Du schnarchst? Seit wann?«

»Keine große Sache, Mama, mach dir keine Sorgen. Die Nebenhöhlen sind ein bisschen zu. Es wird wieder weggehen.«

»Das hoffe ich doch. Schau, dass du das bald wieder los wirst. Wäre ja peinlich, eine Braut, die in der Hochzeitsnacht schnarcht! Dein armer Mann.«

In diesem Moment wird Max wach.

Meine Mutter stürzt auf ihn zu.

»Ach, guten Morgen, du Ärmster, ich hoffe, meine Tochter wird das bald wieder los ...«

Mutter umarmt Max unnötig lange und unnötig heftig.

Max sieht mich irritiert an.

Ich zucke mit den Schultern.

»Mein Schnarchen, Max, sie meint mein Schnarchen.«

Max hat immer noch keinen Schimmer.

»Na, weil du doch im Wohnzimmer schläfst«, versuche ich nachzuhelfen.

»Ahhhh ... ist wirklich grauenhaft. Ganze Wälder müssen dran glauben.«

»Du Ärmster! Ich mach dir erst mal einen Kaffee«, flötet meine Mutter und tänzelt in die Küche zur Kaffeemaschine.

Ich bin überflüssig.

Auch gut, dann kann ich ja duschen gehen.

Schließlich haben wir ja heute einiges vor.

Wir fahren alle zusammen nach Regensburg.

Morgen ist der große Tag.

Wir werden im Haus meiner Mutter heiraten. Sie hat vor Jahren von einem entfernten Onkel einen riesigen Kasten mit parkähnlichem Grundstück geerbt, in dem eine zwanzigköpfige Großfamilie wohnen könnte – mit Personal selbstverständlich.

»Es wird dir sicher gefallen. Du wirst sprachlos sein, Kind.«

»...«

»Sag schon, wie gefällt es dir?«

»Ich bin sprachlos.«

Meine Mutter strahlt mich an. Sie, Max und ich stehen vor ihrem Haus in Regensburg. Um genau zu sein: Wir stehen vor ihrem Hochzeitshaus.

Sie hat offensichtlich das verlängerte Wochenende, an dem wir weg waren, gut genutzt.

Meine Mutter hat Tausende von Genehmigungen eingeholt, um die standesamtliche Trauung hier vor Ort zu ermöglichen.

Wenn sie sich mal was in den Kopf gesetzt hat, ist sie einfach nicht mehr aufzuhalten.

Vielleicht würde sie sogar ewig leben, wenn sie beschließen würde, nicht zu sterben. Ohnehin habe ich das Gefühl, dass es ihr, seit sie sich mit der ganzen Wucht ihrer fünfundfünfzig Kilo in meine Hochzeitsvorbereitungen gestürzt hat, von Tag zu Tag besser geht.

Wir sind die Ersten hier.

Später werden noch Anna und Joachim und Jule und ihr Freund und noch ein paar Hochzeitsgäste nachkommen, die schon einen Tag vor der Hochzeit das traute Glück bewundern wollen.

Gästezimmer gibt's ja genügend hier.

»Ähm … schön.«

Ich bin wirklich sprachlos. Vor Entsetzen. Wenn ich es nicht vor mir sehen würde, ich könnte es nicht glauben.

Das Haus sieht aus wie dem LSD-Trip eines Disneyfilmers entsprungen. Überall weißer Tüll. Käfige mit weißen Tauben, die irre gurren. Rote Herzen, die in den Fenstern blinken. Ein mit Rosen umrankter Weg führt hoch zur Eingangstür. Und das ist bei weitem nicht alles.

Neuschwanstein ist nichts dagegen.

Wenigstens habe ich mich bei meinem Hochzeitskleid durchgesetzt.

Teilweise.

So ein bisschen wenigstens.

Ich blicke Max Hilfe suchend an.

»Louise, das ist ja unglaublich! Du hast dir wirklich sehr viel Mühe gegeben.«

Max findet einfach immer die richtigen Worte.

Meine Mutter strahlt und ist sichtlich geschmeichelt.

»Kommt, Kinder, auf geht's! Ihr wollt doch sicher noch alles erkunden und euch ein wenig ausruhen, vor eurem großen Tag.«

Ich kann nicht einschlafen.

Bin schon bei Schaf zweitausendachtundfünfzig angekommen.

Das Bett ist riesig.

Meine Mutter hat das größte Zimmer unter dem Dach zu einer Art Hochzeitssuite ausbauen lassen. Als Braut darf ich schon heute Nacht darin schlafen. Max schläft irgendwo im Erdgeschoss. Unglaublich: Mein Bett ist einem riesigen Schwan (aus Pappmaché) nachempfunden. König Ludwig hätte sich hier sehr wohl gefühlt. Vielleicht hätte ich eher Enten zählen sollen, damit ich einschlafen kann.

Wahrscheinlich macht mich das nervös.

Ich bin einfach mein kleines Bett zu Hause gewöhnt.

Ich muss noch mal runter in die Küche.

Ich ziehe eine Jacke über mein Nachthemd und schleiche mich auf Puschen runter.

Hoffentlich ist Nutella und Milch im Kühlschrank.

Der Kühlschrank steht bereits offen.

Max sitzt alleine am alten Küchentisch, eine Flasche Whiskey vor sich (wo hat er denn die gefunden?), und wie es aussieht, hat er sich schon mehr als nur einen Drink genehmigt.

»Hallo …«

Ich setze mich neben ihn und tunke einen großen Löffel mit Nutella in ein großes Glas Milch.

Das tut gut.

»Kannst du auch nicht schlafen?«

»Nein, mein Bett ist zu klein.«

»Welches Zimmer hast du denn?«

»Unten links neben der Treppe.«

»Oh, ich glaube, das war früher eines der Kinderzimmer. Dafür ist mein Bett viel zu groß.«

»Tja.«

»Morgen ist der große Tag.«

»Ist er wohl.«

»Danke.«

»Wofür?«

»Dass du das für mich tust.«

»Nicht der Rede wert.«

»Na ja, immerhin heiratest du mich.«

Ding Dong. Ding Dong.

Ich blicke entsetzt auf die alte Küchenuhr oben auf dem Schrank.

Schon kurz nach zwei.

Höchste Zeit, ins Bett zu gehen.

Schließlich will ich mich morgen von meiner Schokoladenseite zeigen. So eitel bin ich dann doch.

Max begleitet mich in Richtung meines Zimmers. Zum Glück habe ich in diesem Haus hier nicht meine Kindheit verbracht. Meine Mutter ist erst lange, nachdem ich ausgezogen bin, hierher gezogen. Natürlich ist ein normales Einfamilienhaus für eine allein stehende Frau etwas zu klein – bei ihrem Dekotrieb auf jeden Fall.

Tagsüber ist es nur kitschig, aber nachts hat es etwas Unheimliches. Überall stehen riesige knallbunte Keramikfiguren (diverse Kakadus, ein deutscher Schäferhund, hier und da ein Rehlein) rum, die dich scheinbar beobachten.

»Ich muss da lang«, erkläre ich und deute auf die geschwungene Treppe, die nach oben führt.

»Ich wohne da hinten.« Max deutet mit einer Kopfbewegung zur nächsten Tür.

»Tja, dann. Gute Nacht.«

»Gute Nacht«, sagt Max und dreht sich um.

Ich steige die ersten beiden Stufen hoch.

Dann drehe ich mich noch mal um.

»Max, ich …«

Max wirbelt herum.

Ich blicke ihn an.

»Ja?«

Und dann ist Max mit ein paar schnellen Schritten bei mir.

Er packt mich, nimmt mich in die Arme und trägt mich über die Schwelle seines Zimmers.

Mit Schwung lässt er mich (auf sein wirklich viel zu kleines) Bett fallen, das erschrocken aufächzt.

»Max, ich …«

Und dann zieht er sein Hemd aus.

»Vielleicht sollten wir …«

Und dann beugt er sich über mich.

»Ich weiß nicht, ob …«

Und dann küsst er mich.

»…«

Und dann halte ich endlich den Mund.

Max ./. Sophie

Da da dada da da dada.
Der Hochzeitsmarsch von Mendelssohn.

Ich stehe in der reich geschmückten Schlosskapelle.

Ganz hinten im Gang. Vorne, mit dem Rücken zu mir, wartet Max. Alle Hochzeitgäste schauen erwartungsvoll auf mich.

Nichts bewegt sich. Ich mich auch nicht.

Schließlich gibt mir meine Mutter einen leichten Stoß.

Ich stolpere den Gang entlang.

Da da dada da da dada.

Max dreht sich zu mir um. Er grinst mich an.

Und dann verändert sich sein Gesicht wie in einem dieser Werbespots, ganz langsam, bis es sich plötzlich als das Gesicht von Frederik, dem Frettchen, entpuppt. Der stößt ein hohes Gackern aus und entblößt dabei riesige gelbe Zähne.

Der Priester murmelt etwas von »Verbunden bis in alle Ewigkeit ...« und Frederik zaubert einen Ring hervor, der sich bei näherem Hinsehen als eine von zwei Handschellen entpuppt (mit rosa Plüsch bezogen, wie man sie im Sexshop kaufen kann).

Klick macht es, und wir sind aneinander gekettet.

Der Priester nickt wohlwollend, während er »... in guten wie in schlechten Tagen, in Krankheit und Gesundheit, auf der Toilette und im Bett ...« murmelt.

Ich schreie entsetzt auf, will davonlaufen, fliehen, nur weg hier, weg, weg, weg, aber meine Beine sind am Boden festgenagelt. Ich kann mich nicht mehr bewegen, stehe gelähmt in meinen sauteuren Jimmy-Choo-Brautschuhen (aus champagnerfarbenem Seidensatin), die sich weigern, mich aus diesem Wahnsinn wegzutragen (wahrscheinlich hätte ich doch lieber die Slingpumps von Manolo Blahnik kaufen sollen?).

Ich schreie und schreie und schreie und schreie …

»Sophie … aufwachen, Sophie, aufwachen … Du hast nur einen bösen Traum!«

Mühsam werde ich wach. Ich bin klatschnass geschwitzt.

Und wo bin ich überhaupt?

Na ja, jedenfalls nicht auf der Unisextoilette der Kanzlei an Frederick, das Frettchen, gekettet.

Ich atme auf.

Max rüttelt an meiner Schulter.

Max? Wieso Max?

Und wieso liegen wir zusammen im Bett?

Und dann bin ich auch noch nackt.

Und dann fällt mir alles ein.

Was gestern war: so was wie meine Hochzeitsnacht?

Was heute sein wird: mein Hochzeitstag.

Irgendwie ist das nicht ganz die richtige Reihenfolge.

Mit einem Sprung bin ich aus dem Bett und ziehe mich an.

»Ich hatte einen Alptraum.«

»Das hab ich gemerkt. Du hast mindestens drei Minuten geschrien, bis ich dich wach bekommen habe. Wahrscheinlich denkt jetzt das ganze Haus, du hast ein Gespenst gesehen. Komm doch wieder ins Bett. Wir holen uns das Frühstück aufs Zimmer, und du erzählst mir, was du Schreckliches geträumt hast. Ich vertreibe die Gespenster, und wir tun so, als seien wir schon verheiratet, und …«

Max grinst mich an und schlägt einladend die Bettdecke zurück.

»Ich kann nicht.«

»Wieso nicht? Bis zur eigentlichen Trauung sind es noch vier Stunden. Da kann man jede Menge Hochzeitsnacht vorziehen.«

Ich suche meinen Slip. Der muss noch irgendwo im Bett sein. Max packt mich bei der Gelegenheit und beginnt, mich zu küssen. Er knabbert an meinem Mund Richtung Ohrläppchen entlang. Für einen Moment bin ich versucht, mich einfach wieder hinzulegen. Meine Knie werden ganz weich.

Max riecht so gut.

Das Bett ist so warm und einladend.

»Stell dir vor, bald sind wir Mann und Frau, und dann ist das alles sogar ganz legal.«

Ich befreie mich aus seinen Armen.

»Max, ich glaube, ich muss da was klarstellen. Das … ähm … das gestern Nacht war sehr, sehr schön, und ich habe es sehr genossen. Aber wir heiraten nicht wirklich, Max, das weißt du, wir heiraten nur, weil meine Mutter krank ist, wenn ich dich daran erinnern darf. Du warst damit einverstanden, mir zu helfen. Das, was gestern passiert ist, war außer der Reihe, und ganz ehrlich gesagt, es darf nicht mehr passieren, vor allem, nachdem wir getraut worden sind, sollten wir von … Nun, wir sollten besser nicht mehr in einem Bett … ähm … du weißt schon …«

Ich winde mich aus seinen Armen, und Max lässt mich erstaunlicherweise sofort los. Ich steh auf und nehme meine Kuscheljacke, die ich gestern Abend anhatte und hole ein paar Papiere raus.

»Das habe ich für uns beide aufgesetzt.«

Max sieht mich an.

»Was ist das?«

Ich reiche die Papiere zu ihm rüber.

»Das ist der Antrag für die Scheidung. Das musst du sofort nach der Trauung unterschreiben und an meine Kanzlei schicken. So können wir direkt ein Jahr nach der Hochzeit geschieden werden, du musst dich auch dann nach der Unterschrift um gar nichts mehr kümmern. Tut mir Leid, dass es nicht früher geht. In Deutschland muss man ein Jahr getrennt von Tisch und Bett leben, damit man überhaupt geschieden wird, deshalb ... deshalb darf so was wie gestern Nacht auch nicht mehr vorkommen, verstehst du?«

Max nickt langsam. Er sieht mir direkt in die Augen.

Die Stimmung ist miserabel.

»Weißt du eigentlich, was der Hauptscheidungsgrund heutzutage ist?«, sage ich bemüht leicht dahin.

Max schüttelt den Kopf.

»Die Ehe.«

Max sieht mich weiter an. Ohne im Geringsten die Miene zu verziehen.

Ich weiß, meine Witze sind schlecht.

Aber so schlecht sind sie nun auch nicht.

So wie er aussieht, bekomme ich richtig Angst vor ihm. Weiß auch nicht, warum er so schlecht gelaunt ist. Wahrscheinlich ist er auch etwas nervös vor der Hochzeit. Mir geht es genauso, wenn ich ehrlich bin.

»Nun denn, ich muss dann mal hoch in mein Zimmer, schminken, anziehen und so weiter ... Ich denke, du solltest auch langsam aufstehen. Wir sehen uns nachher.«

»Ja.«

Max liegt im Bett und sieht mir nach.

Ich schleiche heraus und schließe die Tür hinter mir.

Das ganze Haus schläft noch. Ich hoppele auf Zehenspitzen in mein Zimmer. Irgendwie habe ich ein komisches Gefühl im Magen.

Ist ja auch kein Wunder.

Ich habe seit Stunden nichts mehr gegessen.

Ich werde nie wieder was essen.

O Mist. Das gibt es überhaupt nicht. Wie habe ich jemals in dieses Teil reingepasst?

»Sophie, du hältst jetzt einfach mal die Luft an, ich setze mich auf dich, und Jule zieht dann ganz, ganz langsam den Reißverschluss zu.«

Ich nicke ergeben. Es ist zumindest einen Versuch wert.

Jule und Anna helfen mir beim Anziehen. Ich wollte am Ende doch das Kleid mit der Korsage nehmen – mein Busen macht darin einfach mehr her. Wenn ich schon wie ein Sahnebaiser aussehen muss, will ich wenigstens ein Sahnebaiser mit Busen sein.

Meine Mutter und ich haben uns, was mein Hochzeitskleid betrifft, geschmacklich irgendwo in der Mitte getroffen. In ihrem Teil der Mitte, um genau zu sein. Rüschen hier und Schleifchen dort – aber wenigstens habe ich Busen. Leider habe ich dabei meinen Magen vergessen, oder vielleicht hätte ich vorhin doch nicht das halbe Brathähnchen und die kalten Bratkartoffeln aus dem Kühlschrank klauen sollen. Aber mir war so komisch, und ich dachte, ich könnte für den heutigen Tag durchaus eine stärkende Grundlage gebrauchen.

Ich lege mich mit dem Bauch auf den Boden. Jule zieht am Reißverschluss, wir ächzen gemeinsam, und dann geht er schließlich zu. Wunderbar.

Wenn ich jetzt den ganzen Tag nicht mehr atme und nicht ans Essen denke, passt alles.

Anna hievt mich wieder in die Senkrechte. Von alleine wäre ich jetzt wahrscheinlich nicht mehr hochgekommen.

Wir stehen zu dritt vor dem großen Spiegel in meinem Zimmer.

Ich im Brautkleid.

Jule und Anna in identischen, dazu passenden Brautjungfernkleidern. Zartlila.

Superkitschig.

Wie in einem Film.

Aber irgendwie auch sehr beeindruckend.

Jule bricht plötzlich in Tränen aus und sackt wie eine lila Lilie bei Frost in sich zusammen.

»Mein Gott, Jule, was ist denn los?«

»Er wird sie nie verlassen«, schluchzt Jule.

»Natürlich wird er sie nie verlassen«, meint Anna trocken.

Ich sehe sie überrascht an. Woher denn plötzlich diese Einsicht? Von Anna, die – wie ich – bisher immer das Gegenteil behauptet hat.

Jule jault auf. »Er hatte mir hoch und heilig versprochen, dieses Wochenende mit mir hier zu sein, deine Hochzeit mit uns gemeinsam zu feiern, und dann ruft mich dieser Mistkerl heute morgen an und sagt, er könne nicht kommen, seine Frau habe einen Friseurtermin, und er müsse auf die Kinder aufpassen ... Wegen einem Friseurtermin lässt er mich hier sitzen!«

»Dieses Schwein.«

»Vollidiot.«

Jule jault noch mal auf, als hätte sie sich gerade auf einen Kaktus gesetzt, dann blickt sie mit tränenumflorten Augen Anna an.

»Du hast immer gesagt, er wird sie verlassen, wieso sagst du jetzt das Gegenteil?«

»Jule, du hast eben selbst gesagt, er wird seine Frau nie verlassen – und du wolltest immer glauben, dass er sie verlässt, und ich wollte dir nicht wehtun und dachte, du wirst es schon irgendwann merken. Aber ich glaube, wir sollten jetzt alle der Wahrheit ins Auge sehen.«

»Anna, was ist passiert?«, unterbreche ich sie.

So gut kenne ich Anna. Irgendwas stimmt hier nicht.

Und zwar bei ihr.

»Ich dachte, Joachim hat die Grippe und kann deshalb nicht kommen …«

Anna sieht mich an. Sie schüttelt den Kopf.

»Nein. Ja, meine ich. Er hat wirklich einfach Grippe und liegt im Bett.«

Und dann kommen ihr auch die Tränen.

»Ich habe letzte Woche versucht, Joachim zu verführen. Nach allen Regeln der Kunst, wie unser Therapeut uns das geraten hat. Wir hatten schon monatelang keinen Sex.Und dann durften wir uns die letzten Wochen nur küssen, und dann nur nebeneinander im Bett liegen … Und letzte Woche, letzte Woche war es endlich soweit, und wir hätten endlich mal wieder …«

Anna schluchzt auf.

»Was ist passiert?«

»Nichts.«

»Nichts?«

»Gar nichts.«

»Das ist etwas wenig. Obwohl, wenn du bedenkst, dass nichts vielleicht doch besser ist als … Ich meine besser, als wenn das Falsche passiert«, gebe ich diplomatisch zu bedenken.

»Nichts ist das Falsche! Ich will ein Kind! Ich will einen Mann! Ich will nicht mit einer Pflanze verheiratet sein!«

Jetzt heulen beide. Jule und Anna.

Nur ich, ich habe seit heute morgen so ein komisches Grinsen im Gesicht, das ich besser unter Kontrolle halten sollte.

Jule schüttelt sich.

»Ach, vergiss den Kerl einfach.«

»Wer braucht schon Männer?«

»Genau«, sage ich, die Frau im Brautkleid. Wir stehen zu dritt vor dem großen Spiegel und umarmen uns.

Die Braut und ihre beiden verheulten Brautjungfern.

»Schluss jetzt mit der Heulerei«, sagt Anna. »Heute ist dein Hochzeitstag. Und schaut mal …« Anna schiebt uns alle etwas näher an dem Spiegel ran. »Das sieht ja umwerfend aus!«

»Das sieht ja grauenhaft aus.«

Vor mir steht der Visagist, den meine Mutter für Jule, Anna, mich und natürlich auch für sich bestellt hat. Bei einer Hochzeit muss die Braut schließlich aussehen wie eine Prinzessin. Zumindest denkt das meine Mutter, die bei dieser Hochzeit den Spitznamen Queen Mom verdient hätte. Obwohl ich ihr im Moment sogar dankbar bin für die Idee mit dem professionellen Schminkkasten.

Ich sehe im Moment eher aus wie Aschenputtel. Ein riesiger Pickel (einer von den unterirdischen, die sich nicht ausdrücken lassen, dafür aber schweineweh tun) prangt seitlich auf meiner Stirn. Außerdem habe ich Augenringe. Über meinem Hochzeitskleid trage ich eine Art Kaftan, damit nichts verschmiert wird. Nach der Aktion vorhin habe ich mich geweigert, das Ding noch mal auszuziehen, aus Angst, ich würde nie wieder reinkommen und müsste im Schlafanzug heiraten.

»Tut mir Leid, aber irgendwie hatte ich etwas zu wenig Schlaf letzte Nacht, die Nervosität ...«

Ich schätze, ich bin gestern Nacht so gegen vier, halb fünf völlig erschöpft neben Max eingepennt. Wenn ich in den Spiegel sehe wird mir klar, warum die Hochzeitsnacht normalerweise besser nach der Feier stattfinden und wieso man danach erstmal auf eine erholsame Hochzeitsreise gehen sollte. Viel Sex mag ja gut für den Teint sein, aber wenig Schlaf ist leider schlecht. Und ich hatte von dem einen sehr viel und von dem anderen fast gar nichts.

»Schätzchen, kein Problem, das kriegen wir wieder hin«, meint der Visagist (er trägt übrigens selbst violette Wimperntusche, wenn mich nicht alles täuscht) und macht fünf Tuben gleichzeitig auf. Wenn er mit mir fertig ist, kann ich wahrscheinlich nicht mehr lachen, ohne dass mein Gesicht abbröckelt.

Ich sehe runter in den Garten. Park wäre der bessere Ausdruck. Die Zelte und Tische und all der Schnickschnack sind bereits aufgebaut. Alles im aufgerüschten Geschmack meiner Mutter dekoriert. So viel Kitsch auf einmal habe ich selten gesehen. Ein Hochzeitsrausch in rosa und weiß. Jede Menge Floristen, Bedienungen und anderes Personal rennen schon rum.

Die Sonne strahlt von einem blaublauen Himmel, wie es ihn nur im Spätsommer in Bayern gibt.

Königswetter. Hochzeitswetter.

Die meisten Gäste sind schon eingetroffen.

Meine Mutter hat ganz Regensburg eingeladen. Und ihre ganzen ehemaligen Kunden. Und meine ganze Kanzlei. Und alle meine Freunde. Und alle meine Exfreunde. Und alle Freunde von Max und alle seine Exfreundinnen. Und alle, die jemals mehr als zwei Worte mit mir gewechselt haben. Ich schätze, so alles in allem, werden es fünfhundert Leute.

Madonna hat sicher bescheidener geheiratet.

Die musste ja mit ihrer Hochzeit auch nicht ihre Mutter glücklich machen.

Sogar die Presse ist da, der *Regensburger Anzeiger*. Immerhin.

Für einen kurzen Augenblick fühle ich mich wie in einem Film. Wie oft habe ich so was schon im Kino gesehen!

Queen Mom steht unten und begrüßt unter einem herzförmigen Bogen aus weißen Rosen glücklich die Gäste.

Ich hoffe, sie ist wirklich glücklich.

Dann hätte sich der ganze Wahnsinn gelohnt.

Irgendwie ist mir plötzlich ein bisschen zum Heulen zumute.

»Jetzt den Mund schließen und nicht zucken.«

Der Visagist zückt einen Pinsel und versucht, die Konturen meines Mundes nachzuziehen. Dem Gefühl nach werde ich danach Lippen wie Pamela Anderson haben.

»Ziemlich große Hochzeit heute. Ach Schätzchen, ich schminke dauernd auf Hochzeiten. Ich meine, das ist der Tag der Tage, da will jede Frau das Beste aus sich rausholen. Neulich erst habe ich auf so einer Promi-Hochzeit wie der hier geschminkt.«

»Dammmm immm keimmme Prommmmihochmeit.«

»Stillhalten, sonst wird das nie was.«

Der Visagist seufzt auf, tänzelt ein paar Schritte zurück,

um sein Werk zu betrachten und kommt dann wieder kopfschüttelnd auf mich zu.

Vielleicht ist Pamela Anderson für meine Lippen doch nicht als Vorbild geeignet.

»Irgendwie sind auf Promi-Hochzeiten immer die gleichen Leute.«

»Mmmmhhh immm wolllllmmmte wammmm kleimmmmes …«, versuche ich zu erklären.

»Mund zu, hab ich gesagt!«

Er pinselt weiter an mir rum.

»Irgendwie trifft man doch immer die gleichen Leute. Da unten, die Frau in Rosa … Also die hab ich erst vor vier Wochen bei einer Adels-Hochzeit gesehen. Irgendeine von und zu so und so … Zicke, sag ich, sieht man schon von Weitem. Und das Make-up ist eindeutig ein paar Nuancen zu dunkel und da hinten, das ist doch Doktor Wittmann!«

Der Visagist deutet mit seinem Rougepinsel, mit dem er mir jugendliche Frische ins Gesicht zaubern will, auf einen Mann, der sich gerade angeregt mit meiner Mutter unterhält.

»Der wird auch meistens eingeladen. Kein Wunder, die meisten Frauen lassen sich ja vorher noch mal schnell generalüberholen. Was war's denn bei Ihnen, Kindchen, mir können Sie's ruhig erzählen … Ich sehe ohnehin alles, zumindest wenn's im Gesicht ist. Aber das hat ja noch etwas Zeit bei Ihnen … obwohl … was war es denn dann? Der Busen?«

Der Visagist piekst mir mit dem Stiel des Rougepinsels in mein üppiges Dekolletee.

»Ups … der ist ja echt … tut mir Leid.«

Er schminkt mich ungerührt weiter.

»Doktor Wittmann?«

Normalerweise hätte ich ihm jetzt den Pinsel entrissen und einmal um die Ohren gehauen. Mein Busen ist natürlich echt. Sieht man doch. Aber ich bin völlig abgelenkt.

Da unten steht dieser nette, gut aussehende, sympathische, höfliche und leider frisch verheiratete (»Ach, Kind, das ist ja jetzt nicht mehr so wichtig für dich!«) Oberarzt, von dem meine Mutter behandelt wurde. Der mir gesagt hat, wie schlecht es meiner Mutter ginge. Der mir gesagt hat, ich solle sie schonen. Der mir geraten hat, ich solle ihr die letzten Wochen vergolden.

»Ja, Dr. Wittmann macht hervorragende Arbeit. Ich muss es schließlich wissen. Meistens ist er ein paar Wochen vor mir dran, bereitet sozusagen alles vor. Er erleichtert mir die Arbeit, muss man schon sagen. So ein Lifting macht was her. Übrigens hat er selbst vor kurzem erst geheiratet. Und was für eine Braut! Ich hab ihr mein berühmtes Hollywood-Make-up gemacht, und ...«

»Lifting?!«

»Schätzchen, Mund zu! Am besten, du machst heute den ganzen Tag den Mund nur einmal auf – um »Ja« zu sagen – und lächelst ansonsten einfach nur. Kein Lippenstift der Welt hält eine Hochzeitstorte aus, mal unter uns gesagt. Also Doktor Wittmann ist echt eine Koryphäe. Man sah überhaupt nicht, was er vorher alles renoviert hatte. Nase, Lippen ... Sah aber super aus, das Mädel. Dr. Wittmann macht die besten Narben, die lassen sich ganz toll überschminken.«

Ich packe den Visagisten am Arm. Erschrocken lässt er eine Dose mit Lidschatten fallen.

»Was heißt das? Was für ein Arzt ist Dr. Wittmann?«

»Aua! Du tust mir ja weh Schätzchen, lass das! Na, Schönheitschirurg, der beste in ganz Bayern.«

Ich springe mit einem Satz auf.

Schönheitschirurg?

Schönheitschirurg!

Und dann wird mir einiges klar.

Sehr klar.

Ganz klar.

Glasklar.

Ich reiße mir den Kaftan ab.

»Ich muss los.«

»Aber was ... wieso ... das linke Auge ist noch nicht fertig, Schätzchen!«

Ich arbeite mich durch die Menge und ziehe Jule hinter mir her, die ich aus ihrem Zimmer entführt habe. Könnte sein, dass ich Verstärkung brauche. Anna ist nirgendwo aufzutreiben.

Jule ist nur halb angezogen und nur halb frisiert und versucht im Laufen, ihre extra dicken Lockenwickler rauszudrehen.

»Sophie, warte doch, was ist denn? Ich sehe grauenhaft aus, so kann ich doch nicht unter die Leute!«

»Ich muss meine Mutter finden. Sofort.«

»Warum denn?«

»Erklär ich dir später. Hilf mir jetzt einfach. Du gehst da lang, ich geh da lang. Du schreist einfach, wenn du sie gefunden hast. Wenn ich sie gefunden habe, schreie ich sowieso.«

Wo ist meine verdammte Mutter?

Vorhin habe ich sie doch noch gesehen. Neben ihrem Dr. Wittmann. Mit dem muss ich auch noch ein Hühnchen rupfen.

Ich werde sterben!

Ha!

Mir geht es nicht gut!

Ha!

Der gut aussehende Oberarzt!

Nichts als ein windiger Schönheitschirurg!

Ihre Mutter hat es am Herzen ... bla bla bla ...

Ha!

Ich werde gleich dafür sorgen, dass es ein paar Leuten hier nicht mehr gut geht. Mich dermaßen in Angst und Schrecken zu versetzen. Dieser ganze Wahnsinn hier.

Weil meine Mutter sich hat liften lassen!

Jemand hält mich plötzlich am Arm fest.

»Sophie?«

Ich drehe mich um.

Vor mir steht Adrian.

Im schwarzen Anzug.

»Adrian?«

Ich starre ihn entsetzt an.

»Was machst du hier?«

Adrian hatte ich vollkommen vergessen.

»Ich spiele nachher hier.«

Adrian hält seine Oboe hoch.

O Shit!

Meine Mutter hat ein klassisches Quartett engagiert, das während dem Abendessen aufspielen wird. Leider hat sie dabei anscheinend Adrian mit seinen Musikern erwischt, mit denen er ab und zu neben seinem Engagement bei den Philharmonikern auftritt.

»Schön, dann sehen wir uns ja später. Ich hab gerade keine Zeit, muss meine Mutter finden, und ...« Ich versuche elegant einfach wieder in der Menge zu verschwinden, aber Adrian hält mich fest.

»Aber was machst du hier?«

Adrian blickt an meinem Brautkleid hoch und runter.

Das ist wirklich eine dämliche Frage angesichts meines Aufzugs.

»Ich heirate, das siehst du doch.«

»Du heiratest?!«

»Ja, reg dich jetzt bloß nicht auf, das ist nicht von Bedeutung.«

»Nicht von Bedeutung?«

»Keine Angst, zwischen uns bleibt alles so, wie es ist ...«

»Wie bitte? Sophie, als ich dich das letzte Mal gesehen habe, waren wir noch ein Paar und jetzt heiratest du? Okay, ich gebe zu, ich habe dich etwas zu selten angerufen während der Konzerttournee, ich hatte einfach zu viel Stress, aber das ist noch lange kein Grund, einfach so zu heiraten. Kannst du mir das bitte erklären?«

»Keine Zeit ... Ich muss meine Mutter finden ...«

Ich versuche, mich an Adrian vorbeizudrängen. Er stellt sich mir in den Weg.

»Sophie, so einfach kannst du mich hier nicht stehen lassen, du bist mir eine Erklärung schuldig!«

»Keine Zeit ...«

Ich winke Jule herbei, die kopfschüttelnd zu mir kommt. Sie hat inzwischen alle Lockenwickler draußen – bis auf einen, der ganz oben auf ihrem Kopf thront. Den hat sie anscheinend nicht bemerkt. Ich bin so höflich, sie jetzt nicht darauf hinzuweisen.

»Deine Mutter ist nirgends zu sehen, und jetzt würde ich gerne wieder in mein Zimmer hoch und meine Frisur ... Hallo, Adrian!«

Jetzt wird Jule erst klar, wer hier wo und neben wem im welchen Aufzug steht. Sie sieht mich entsetzt an.

»Oh … Hallo, Adrian … du auch hier?«

Jule schneidet eine verzweifelte Grimasse zu mir rüber.

»Adrian, Jule wird dir alles erklären … Ich muss jetzt los.«

»Halt.«

»Du bleibst.«

Beide greifen gleichzeitig nach mir, um mich aufzuhalten. Mit einem Ruck reiße ich mich los – leider geht dabei ein Teil meines Schleiers verloren.

Was soll's. Der ist jetzt nicht mehr wichtig.

Ich drängle mich weiter durch die Hochzeitsgäste, von denen mir ungefähr achtzig Prozent unbekannt sind. Viele freundliche Gesichter lächeln mich an und nicken mir zu. Ein paar sind verwundert und tuscheln über mich. Vielleicht hätte ich doch noch warten sollen, bis der Visagist mit dem linken Auge fertig gewesen wäre.

Endlich.

Ganz vorne, direkt vor dem Trauungstisch, der trotz der standesamtlichen Hochzeit, was für ein Zufall, wie ein Altar wirkt, entdecke ich meine Mutter – vertieft in ein Gespräch mit dem Standesbeamten.

»Lassen Sie mich durch, bitte, es ist dringend.«

Ich quetsche mich durch die Menge.

Als ich vor dem altarähnlichen Tisch ankomme, ist meine Mutter nirgendwo mehr zu sehen.

Wo ist sie, verdammt? Eben war sie noch hier.

Ich drehe mich einmal um meine Achse und stehe plötzlich vor Max.

»Oh, hallo, ich suche meine Mutter. Hast du sie irgendwo gesehen?«

Und dann bemerke ich, dass Max seine alte Jeans und

ein T-Shirt trägt. Und eine Reisetasche über die Schulter geworfen hat.

»Wo ist denn dein Anzug?«, frage ich misstrauisch.

»Oben im Zimmer.«

»Was? Wieso? Willst du so heiraten?«

Ich deute auf seine Jeans. Grundsätzlich ist es mir natürlich egal, was Max trägt, aber ich habe mich schließlich unter Qualen in dieses Tausend-Euro-Brautkleid gequetscht (diese Korsage! Kein Wunder, dass die Frauen früher reihenweise in Ohnmacht gekippt sind ...), da kann er doch wenigstens den Anzug anziehen.

»Na, du siehst auch noch nicht ganz fertig aus.«

Max deutet auf mein linkes Auge.

Ich ziehe mir unauffällig eine Haarsträhne aus meiner Hochfrisur raus und drapiere sie dezent über mein linkes Auge.

»Ich werde nicht heiraten«, erklärt er klar und deutlich.

»Was?«

»Ich werde dich nicht heiraten.«

Für einen Moment vergesse ich vollkommen, dass ich ja diejenige bin, die eigentlich nicht heiraten will.

Jetzt, wo ich weiß, dass meine Mutter nicht krank ist und nie krank war, besteht nun wirklich kein Grund mehr, überhaupt ans Heiraten zu denken.

»Aber Max, du kannst doch jetzt nicht einfach so abspringen, ich meine, ich ... Wir haben doch eine Vereinbarung, und ...«

Dieser Mistkerl kommt mir schon wieder zuvor.

Das ist ja wie bei unserer Trennung vor drei Jahren.

Das kann ich nicht einfach so hinnehmen.

Um uns herum bekommen die ersten Gäste Stielohren. Die allgemeine Langeweile weicht einer gespannten Aufmerksamkeit. Das hier verspricht eine echt interessante Hochzeit zu werden. Oder vielmehr eine interessante Nicht-Hochzeit. Wenn ich nicht die Braut wäre, würde mir das auch gefallen. Ich habe durchaus einen Sinn für Dramatik. Beinahe beneide ich meine Hochzeitsgäste, die langsam einen Kreis um uns bilden. Ganz hinten steigen die Ersten schon auf Stühle, damit sie auch wirklich alles mitbekommen.

»Was heißt hier, du willst mich nicht heiraten? *Ich* will *dich* nicht heiraten, nur, damit das mal klar ist ...«

Ich blicke herausfordernd in die Menge, und hoffe, das haben jetzt alle mitbekommen. Ich meine, gibt es was Peinlicheres, als kurz vor der Heirat verlassen zu werden?

So etwas passiert mir nicht. Mir nicht!

»Meine Mutter ist gar nicht krank!«

»Ach, hast du das auch schon bemerkt?«

»Du hast das gewusst?«

Max nickt.

»Wie lange schon?«

»Seit einiger Zeit.«

»Warum hast du nichts gesagt? Ich meine, ich ... wir hätten uns das ganze Theater hier wirklich sparen können ...«

Max blickt mich nur lange und stumm an.

Unser Publikum hält den Atem an.

»Wenn du nicht weißt, warum ich nichts gesagt habe, dann ist dir wirklich nicht mehr zu helfen. Sophie, weißt du was, du hast doch nur Angst! Angst davor, dich einzulassen, Angst davor, verletzt zu werden, Angst davor, dass es ernst wird, Angst davor, dass deine kleine perfekte Single-Welt ins Wanken gerät. Angst davor, irgendwann heulend dazustehen. Aber ich will dir mal was sagen: Alle, die jemals in der Kanzlei vor dir gesessen haben und die Scheidung wollten, und egal, wie fertig und verheult und hasserfüllt sie waren – allen, allen geht es besser als dir. Die haben wenigstens einmal richtig geliebt und einmal richtig Ja gesagt, nicht so ein halbes Ja, so ein Vielleicht, so ein Ja, bis morgen früh. Darum geht es im Leben: ums Ja sagen – zum Leben und zur Liebe. Da gibt's kein Vielleicht. Sonst rauscht alles an einem vorbei, und man merkt, dass man nur Zuschauer war, Zaungast. Liebe ist was anderes, als verliebt zu sein. Liebe ist, richtig zu essen und nicht nur zu naschen, Liebe ist das Leben, Sophie.

Ich habe gedacht, als du mich gefragt hast, ob ich dich heiraten würde, als du echt verzweifelt warst, dass sich bei dir vielleicht was verändert hat, dass … Ach, was soll's. Mir ist heute Morgen klar geworden, dass das eine Illusion ist. Das war die größte Schnapsidee meines Lebens, mich auf eine getürkte Hochzeit mit dir einzulassen. Obwohl deine Mutter eine Hochzeit verdient hätte. Krank oder nicht krank. Aber sie hat eine echte Hochzeit verdient. Ich übrigens auch. Vielleicht findest du ja irgendwann jemand anderen, der sich auf deinen Wahnsinn einlässt. Sophie bleibt Sophie. Du willst nur Verliebtsein. Daran wird auch keine Nacht und keine Ehe jemals was ändern. Und deswegen sage ich: Nein. Ganz einfach: Nein.«

Und mit diesem letzten Satz dreht sich Max lässig auf dem Absatz um.

Der lässt mich einfach stehen. Ich glaub's nicht.

Das hier ist meine Hochzeit.

Und mein Bräutigam lässt mich sitzen.

Vor allen Leuten.

Er bahnt sich seinen Weg durch die Menge, die sich teilt wie das rote Meer vor Moses. Plötzlich beginnt Frau Müller-Schleißheim zu applaudieren, als Max an ihr vorbeigeht. Andere fallen in den Applaus mit ein.

Besonders laut applaudiert Adrian, der direkt neben Jule steht, die auch applaudiert und erst damit aufhört, als ich ihr einen bösen Blick zuwerfe.

Ich möchte auf der Stelle sterben.

Wenigstens könnte ich jetzt in Ohnmacht fallen. Allein diese Korsage gibt mir schon das Recht dazu.

Aber ich habe ehrlich gesagt Angst, dass niemand mich auffangen würde.

Deshalb bleibe ich erst mal wie angewurzelt stehen.

Max bleibt bei meiner Mutter stehen und sieht sie an.

»Tut mir Leid, Louise, dein Schwiegersohn wäre ich eigentlich gerne geworden.«

Die beiden umarmen sich.

Tosender Applaus bricht aus.

Max geht zu unserer weißen Hochzeitslimousine (fünfhundert Euro für drei Stunden!), reißt das Schild »Just Married« mit einer lässigen Bewegung ab, setzt sich rein und rauscht davon.

Mit einem Höllenlärm.

Er hat leider die obligatorische lange Schlange mit den Dosen an der hinteren Stoßstange vergessen.

Als das Auto um die Kurve biegt, wird es plötzlich still.

Totenstill.

Alle starren mich an.

Es ist nur ein Traum.

Ich will davonlaufen, fliehen, nur weg hier, weg, weg, weg … Aber meine Beine sind am Boden festgenagelt, ich kann mich nicht mehr bewegen. Ich stehe gelähmt in meinen sauteuren Brautschuhen, die sich weigern, mich aus diesem Wahnsinn wegzutragen.

Ich schreie und schreie und schreie und schreie …

»Ähhhcghhhhh.«

Ein leises Krächzen ist alles, was rauskommt.

Aus dem Augenwinkel sehe ich plötzlich meine Mutter auf mich zukommen.

»Kind …«, kann sie gerade noch sagen, dann greift sie sich ans Herz, und dann kippt meine Mutter langsam, ganz langsam um.

Durch die Hochzeitsgesellschaft geht ein Aufschrei des Entsetzens.

Ich renne zu ihr. Meine Motorik funktioniert wieder. Also ich versuche es zumindest, aber das ist nicht so einfach mit dem Riesentrumm von Brautkleid und den Neun-Zentimeter-Absätzen. Ich bleibe mit den Dingern irgendwo hängen und stolpere.

Wenigstens liege ich direkt neben meiner Mutter.

In einer Pfütze.

Sie atmet noch.

Irgendjemand ruft nach einem Notarztwagen.

Ich glaube, es ist Frederik, das Frettchen.

Maria
./.
Josef

Der Tod ist die letzte, endgültige Scheidung. Alle Trennungen, die wir vorher inszenieren oder mitmachen müssen, sie sind nur Vorgeplänkel, Vorbereitung auf den letzten großen Moment. Gott ist sozusagen der große Scheidungsanwalt – mit rigorosen Ansichten: Nein, Sie bekommen keinen Unterhalt, kein Sorgerecht und das Haus und das Auto und die neue Tasche von Fendi müssen auch hierbleiben.

Es ist zwei Uhr nachts, und meine Gedanken sind ziemlich düster.

Kein Wunder.

Ich sitze auf einem sehr unbequemen (wie könnte es auch anders sein) Plastikstuhl auf dem Gang der Intensivstation. In meinem ramponierten Brautkleid, von dem ich nach und nach alle Rüschen, Schleifen und Verzierungen abreiße, weshalb mir die Patienten oder das Krankenhauspersonal seltsame Blicke zuwerfen. Die haben hier sicher auch eine Abteilung mit geschlossener Psychiatrie, und ich sehe wohl so aus, als wäre ich gerade entkommen.

»Hier …«

Anna reicht mir einen Pappbecher mit einer braunen Flüssigkeit darin, die Kaffee sein soll. Ich nehme ihn dankbar an. Ich habe seit dem Frühstück heute morgen nichts mehr gegessen oder getrunken. Und diese Scheißkorsage quält mich immer noch.

Ich hätte es wissen müssen, dass Heiraten nichts für mich ist.

Das konnte nun wirklich nicht gut gehen.

Wenn ich ehrlich bin, war das Ganze eine ziemlich bescheuerte Idee von mir. Wahnsinnig. Weiß auch nicht genau, welcher Teufel mich da geritten hat.

Im Grunde dürfte man das niemandem erzählen.

Aber leider weiß es mittlerweile sicherlich die ganze Stadt. Ach was, ganz Bayern.

Ich kann mich dunkel an das Blitzlichtgewitter des *Regensburger Anzeigers* erinnern, als ich im Brautkleid neben meiner Mutter in der Pfütze lag.

Aber das ist alles egal. Hauptsache, meiner Mutter wird es wieder gut gehen.

Denn diesmal ist es wirklich ernst.

Sie hatte einen kleinen Schlaganfall.

Aber sie wird es überstehen. Drei Wochen hier drin, und sie ist wieder ganz die Alte. Hat mir zumindest der Chefarzt versichert. Hoffentlich bläst der nicht nebenberuflich Brüste auf oder saugt Fett ab.

Ironie des Schicksals nennt man so was wahrscheinlich.

Anna ist die Einzige, die mit mir ins Krankenhaus gekommen ist. Und die Einzige, die ich im Moment ertragen kann.

Jule ist mit Adrian abgehauen (»Also ganz ehrlich, Sophie, wenn ich darüber nachdenke, war diese ganze Aktion extrem egoistisch von dir. Hast du dabei jemals auch nur eine Sekunde an Adrians Gefühle gedacht? Oder an die Gefühle von sonst irgendjemandem?«)

Wahrscheinlich hat sie sich so mit Adrian solidarisiert, weil ich ihm nichts von der Hochzeit erzählt habe. Erinnert sie wohl an etwas. Tja.

Anna lässt sich müde neben mich fallen.

»Willst du die ganze Nacht hier bleiben?«

Ich nicke.

»Nun gut, dann machen wir es uns mal gemütlich. Uff, das war vielleicht eine Hochzeit! Oder vielmehr eine Nicht-Hochzeit! Irgendwie passt das aber zu dir, Sophie. Ich habe mir dich sowieso nie wirklich verheiratet vorstellen können. Noch nicht mal zum Schein. Obwohl ... Max ist wirklich keine schlechte Partie, er hat einen ziemlichen Knackarsch, und was im Kopf hat er auch.«

»Grrrrrrrrrrrrrr.«

»Schon gut, schon gut. Soll ich dir mal was sagen? Eigentlich schade, irgendwie habe ich das Gefühl, dass ich das Beste verpasst habe. Als ich ankam, lagst du schon neben deiner Mutter auf dem Boden, und ...«

»Wo warst du eigentlich die ganze Zeit?«

»Ich? Öhh ... ich war auf meinem Zimmer. Bin irgendwie ... eingeschlafen.«

Anna wird rosarot und fängt an, so komisch zu lächeln. Ich kenne diese Art von Lächeln. Ich hatte es heute Morgen selbst im Gesicht, als ich aus Max' Zimmer kam. Es klebt an den Lippen, es leuchtet von innen, man kann es gar nicht abstellen, und man bemerkt es selbst gar nicht. Aber alle, die dich ansehen, wissen, woher es kommt. Und es gibt nur eine Sache auf der Welt, die so ein Lächeln auslösen kann: Sex.

Richtig guter Sex.

Kann ich fast nicht glauben. Ich sehe Anna noch mal genauer an.

Sex. Sie hatte eindeutig Sex.

»So so ... eingeschlafen? Hab ich vielleicht was verpasst? Ist Joachim trotz Grippe noch irgendwie ... ähm ... gekommen?«

»Joachim? Öhhh ... nöööö ... Joachim liegt immer noch mit über vierzig Grad Fieber zu Hause im Bett.«

»Und wer war mit dir im Bett?«
»Wie kommst du denn darauf?«
Anna sieht mich mit unschuldigen Augen an.
Klimper. Klimper.
»Anna ...!«
»Okay, er heißt Frederik.«
»Oh.«

Die nächsten Tage gehe ich nicht in die Kanzlei. Melde mich einfach krank. Fühle mich ehrlich gesagt auch so.

Eigentlich müsste ich dringend ein paar Mandantentermine wahrnehmen, denn schließlich waren ja keine Flitterwochen geplant.

Aber ich trau mich einfach noch nicht. Noch ist mein Selbstbewusstsein nicht wiederhergestellt.

Jetzt könnte nur noch Extremshopping (nicht unter zwanzig Läden jeweils in Paris, Rom und London) oder eine neue Frisur (nicht unter platinblond und zwanzig Zentimeter kürzer) helfen.

Beides ist leider ausgeschlossen.

Habe heute Morgen die Zeitung noch vorm Frühstück geholt.

In der *Süddeutschen* bin ich Gott sei Dank nur auf Seite fünf unter Vermischtes, aber mit Bild. Dafür erfreut mein Anblick die Leser der *Abendzeitung* auf Seite zwei. »Hochzeit bekannter Scheidungsanwältin scheitert direkt vorm Altar.« Diese Zeitungsfritzen müssen immer alles erfinden, das war doch gar kein Altar.

Zum Bäcker bin ich mit einem Motorradhelm, den einer meiner Exfreunde irgendwann bei mir hat liegen lassen. Das erschien mir am sichersten. Sonnenbrille alleine ist zu wenig, und eine Perücke besitze ich nicht.

Leider hat es nichts genutzt.

Frau Konrad hat mich mitleidig angeschaut.

»Ach, Frau Liebe, Sie Ärmste ... Aber machen Sie sich nichts draus – das wird schon wieder. Der Tochter einer Nichte einer Großcousine von mir ist das auch passiert. Grauenhaft! Sie hat Jahre gebraucht, um sich von diesem Schock zu erholen. Sie ging irgendwann ins Kloster ... Braut Christi, Sie verstehen. Da kann der Bräutigam nicht mehr wegrennen, der ist ja schon tot. Hier ...« Frau Konrad packt mir ein riesiges Stück Buttercremetorte zusätzlich ein. »Was Süßes, das hilft sicher.«

Ich bin mit einem in den Helm gemurmelten Dankeschön regelrecht geflüchtet.

Ich hasse Buttercremetorte.

Max, du Mistkerl.

Wenn ich dich noch mal in die Finger kriege.

Aber so wie es aussieht, wird das so schnell nicht passieren.

Max ist wie vom Erdboden verschluckt.

In seinem Lieblingshotel ist er nicht.

Und auch sonst ist er in der ganzen Stadt nicht aufzufinden.

Ich habe in seiner alten Fotoagentur angerufen. (Natürlich unter Pseudonym.) Schließlich habe ich gerade seinen Prozess gegen diese blöde Agentur haushoch gewonnen. Wenigstens als Anwältin bin ich keine Totalversagerin. Vielleicht sollte ich doch mal was anderes machen als diese ewigen Scheidungsfälle.

Max bekommt ziemlich viel Geld und alle seine Fotos mit allen Rechten zurück, und ich weiß nicht, wohin ich ihm das überweisen soll. Und egal, wie wir beide privat miteinander stehen: Sein Geld ist schließlich sein Geld, und das soll er auch bekommen. Aber die in der Agentur wissen überhaupt nicht, wo er steckt, und wollen es auch gar nicht wissen. Ich werde wohl einen Privatdetektiv engagieren müssen. Ich will Max einfach nichts schuldig bleiben.

Meine Mutter wird heute entlassen.

Ich habe sie in den letzten drei Wochen kein einziges Mal im Krankenhaus besucht. (Nein, ich bin kein herzloses Ungeheuer: Ich habe jeden Tag fünf Mal im Krankenhaus angerufen, um mich zu vergewissern, dass es ihr gut geht.)

Ich dachte, es würde sie zu sehr aufregen, wenn ich sie besuchen würde. Und Aufregung sollte meine Mutter in jedem Fall vermeiden.

Aber natürlich kann das nicht ewig so weitergehen.

Wir müssen miteinander reden.

Jetzt stehe ich hier unten vor dem Krankenhaus und warte darauf, dass sie rauskommt. Ich schwöre, ich habe drei Mal ganz genau auf das Klinikschild am Eingang geschaut. Da steht wirklich »Klinik für innere Medizin und Herzerkrankungen«. Ach, hätte ich das doch ein paar Wochen früher schon gemacht. Mir wäre einiges erspart geblieben.

Da ist sie. Ein Pfleger schiebt sie im Rollstuhl durch die Tür.

Sie blickt sich suchend um. Und dann sieht sie mich.

Sie winkt.

Ich gehe auf sie zu.

»Hallo!«

»Hallo!«

»Ich war mir nicht sicher, ob du kommen würdest.«

»Ich mir auch nicht.«

»Schön, dass du da bist.«

»Finde ich auch.«

Meine Mutter steht aus dem Rollstuhl auf und bedankt sich beim Pfleger.

»Den Rest schaffe ich alleine …«

Meine Mutter sieht mich an.

»Wollen wir ein wenig spazieren gehen?«

Ich nicke.

Ein bisschen Grünzeug außenrum, während es in einem tobt, wirkt bestimmt beruhigend. Es gibt einen Teil in mir, der nichts lieber tun würde, als meine Mutter wegen ihrer Lüge total zusammenzustauchen. Aber zum einen soll sie sich diesmal wirklich nicht aufregen, und zum anderen weiß ich nicht, welche Lüge die größere war – meine oder ihre. Und deshalb gibt es einen anderen Teil, der den von mir angerichteten Schlamassel nur wiedergutmachen will.

Wir gehen durch den Krankenhauspark. Meine Mutter ist tatsächlich noch etwas wackelig auf den Beinen.

»Wie geht es dir?«

»Gut soweit … Alles wieder in Ordnung, sagen die Ärzte.«

»Schön.«

Schweigen.

»Ähm … du … ich … Hast du den Schlaganfall wegen der verpatzten Hochzeit bekommen?«

Ich sehe meine Mutter unsicher und voll Schuldgefühle an – keine Ahnung, wie ich damit auf Dauer leben soll.

Meine Mutter schüttelt den Kopf.

»Nein, mach dir keine Gedanken. Die Ärzte sagen, das hätte jederzeit passieren können.«

Uff.

Mir fällt ein Stein vom Herzen.

Wir laufen an penibel gepflegten Blumenrabatten entlang. Vorbei an diesen komischen kleinen roten Blumen, die es in allen Grünanlagen gibt. »Die Idee mit der Hochzeit war trotzdem idiotisch«, höre ich mich sagen.

»Die Idee mit der Krankheit war dumm«, kommt zeitgleich aus dem Mund meiner Mutter.

Wir sehen einander an.

»Es tut mir Leid, was passiert ist.«

»Mir auch.«

»Ich wollte nur dein Bestes.«

»Ich auch.«

Meine Mutter setzt sich auf die nächste Bank.

»Ich lag da im Krankenhaus und hatte mir die Pobacken straffen lassen ...«

»Die Pobacken?«

Ich bin entsetzt. Das darf ja wohl nicht wahr sein. Ich habe eine Mutter mit gelifteten Pobacken. Und nicht nur das, fast hätte ich deshalb geheiratet.

»Hast du schon mal gesehen, wie traurig runterhängende Pobacken aussehen?«

Ich schüttele den Kopf.

»Na, dann sei froh. Also ich lag im Bett, alleine in meinem Zimmer. Und da habe ich einen Film gesehen, der mich auf die Idee gebracht hat, dir eine Krankheit vorzugaukeln. Und Doktor Wittmann war mir sowieso noch was schuldig, schließlich hat er gerade die Liebe seines Lebens durch mich gefunden ...«

»Tolle Idee.«

»Sophie, ich wollte einfach, dass du aufwachst. Dass dir klar wird, wie kurz das Leben ist und dass man es nicht aus lauter Angst vergeuden darf. Auch wenn die große Liebe vielleicht nicht kommt, so muss man doch wenigstens nach ihr suchen. Sonst lebt und liebt man nämlich überhaupt nicht, und ich hatte Angst, dass du vor lauter Angst und Arbeiten überhaupt nicht dazu kommst, richtig zu leben und zu lieben. Und alle meine anderen Versuche haben ja überhaupt nichts gebracht. Auf diesem Ohr warst du schon immer taub. Vielleicht hätte ich doch wieder heiraten sollen, damit du einen Vater hast. Vielleicht ist dein einsames Leben doch meine Schuld. Ich wollte dir einfach helfen!«

»Ich bin nicht einsam. Ich bin Single, und ich bin glücklich damit.«

Das sage ich mit gebührendem Nachdruck.

»Vielleicht hast du ja Recht. Ich weiß es nicht. Männer hattest du ja immer und ich habe mir gedacht, wenn ich dich etwas unter Druck setze ...«

»Etwas unter Druck? Spinnst du? Zu behaupten, du seist todkrank! Du bist mit einem Bulldozer angerückt!«

»Ich dachte mir, wenn ich dich etwas unter Druck setze, dass du dann einfach deinen derzeitigen Freund fragst, ob er dich heiraten will. Ich hatte gehofft, dass, wenn du erst mal verheiratet bist, die Angst davor verlierst und Gefallen daran findest ...«

»Angst? Ich habe überhaupt keine Angst vorm Heiraten, und ...«

»Liebes, du machst dir doch schon beim Gedanken, lebenslang das gleiche Toilettenpapier benutzen zu müssen, in die Hose!«

»Also das finde ich jetzt ...«

Meine Mutter bleibt abrupt stehen und sieht mich ernst an.

Ich werde fünf Zentimeter kleiner.

»Aber weißt du was? Während der letzten drei Wochen ist mir etwas klar geworden. Das Ganze war ein Fehler.«

Ach, sieh an. Woher diese plötzliche Einsicht?

»Du bist über dreißig und für dein Leben selbst verantwortlich. Du musst wissen, was du willst, und was du tust, und ich muss es akzeptieren.«

»Gut, dass du das endlich einsiehst.«

»Aber wenn ich an deine ganze Lügenaktion mit der Hochzeit denke, bin ich mir nicht mehr so sicher, ob du wirklich schon über dreißig bist und die Verantwortung für dein Leben übernehmen kannst.«

»Mama, ich ... Es tut mir wirklich wahnsinnig Leid!«

»Und Max hat so etwas nicht verdient. Er ist ein toller Mann, meine liebe Tochter, der tollste, den du je hattest, und ich kenne ein paar hundert Frauen, die froh wären, wenn er sie heiraten würde ...«

»Also gut, Mama, es war absolut verrückt. Aber ich wollte nur, dass es dir gut geht, dass du mich mit einem guten Gefühl zurücklassen kannst. Und Max kam mir da gerade recht. Er hätte ja auch nein sagen können. Ich habe nie gewollt, dass du oder er ...«

Ich steigere mich gerade so richtig in meine Verteidigungsrede rein, als ich sehe, wie meine Mutter sich kaum noch vor Lachen halten kann.

»Du bist schon ziemlich durchgeknallt!«

Wir fallen uns lachend und gleichzeitig heulend in die Arme.

»Ich bin so froh, dass es dir besser geht.«

»Mir geht es blendend. Und jetzt bring mich bitte in die

Kur-Klinik, damit ich mich dort noch ein paar Wochen von meiner verrückten Tochter erholen kann.«

»Mach ich.«

Grinsend hake ich mich bei meiner Mutter ein.

Ach. Wir sind doch beide verrückte Hühner.

Von wem hab ich wohl diesen Hang zum Wahnsinn geerbt?

Ich muss ins Kino. Mal wieder auf andere Gedanken kommen.

Meiner Mutter geht es wieder gut.

Mir weniger. Weiß nicht so genau, wieso.

Wenn im richtigen Leben gerade alles schief läuft, ist das Kino der richtige Ort, um emotional wieder auf die Beine zu kommen. Außerdem ist es dunkel, und niemand wird mich erkennen.

Heute Abend gibt es in meinem Lieblingskino ein Double-Feature *Tatsächlich Liebe* und *Vier Hochzeiten und ein Todesfall*.

Ich habe mir extra ein Großpackung Tempos gekauft. Als ich mich gerade ans Ende der langen Warteschlange stellen will, sehe ich sie.

Zuerst erkenne ich nur Jules Stimme.

Sie kichert selig vor sich hin. Eine etwas dunklere Stimme fällt in ihr Kichern ein – und auch diese Stimme kommt mir bekannt vor.

Adrian und Jule stehen ganz vorne in der Schlange und knutschen sich ab. Sie lachen und albern herum, wie das nur frisch Verliebte machen. Adrians Gesicht sieht gelöst aus. Wenn ich ehrlich bin, er sieht entspannter aus als je zuvor.

Na gut, Kino fällt wohl heute Abend aus.

Ich drehe mich um und flüchte.

Zu Anna.

Ich klingle Sturm an Annas Wohnungstür.

Anna wird mir helfen. Sich einmal richtig bei einer Freundin ausheulen, und schon sieht die Welt anders aus.

Die Tür öffnet sich.

Vor mir steht Anna.

In Strapsen.

Nur in Strapsen.

Ich habe langsam das Gefühl, dass ich wahnsinnig werde. Vielleicht findet das alles ja nur in meinem Kopf statt. Es wäre nicht die schlechteste aller Möglichkeiten.

»Oh ... ähm ... hallo ... super Outfit ... stör ich? Bist du gerade am Putzen?«

Anna blickt schnell in den Hausflur, dann zerrt sie mich rein.

»Nein, du störst nicht. Ich hab noch etwas Zeit. Frederick kommt erst in einer halben Stunde ... Joachim ist auf einer Tagung seines Modelleisenbahnortsverbandes. Aber gut, dass du da bist. Willst du einen Tee?«

»Ähm ... ja.«

»Earl Grey oder Darjeeling?«

Zum Glück zieht sie sich einen weiten Pullover an. Ich bin zwar nicht prüde, aber Anna in Strapsen beim Tee machen, das ist doch etwas gewöhnungsbedürftig.

»Ein Gin Tonic wär mir lieber.«

»Kein Problem, nehm ich auch ...«

Anna stürmt voraus in die Küche und gießt mir und sich selbst einen Riesenschluck Gin ein – mit einem Spritzer Tonic.

»Hier.«

Ich nehme das Glas dankbar an. Es gibt Tage, da ist die Welt mit etwas Alkohol leichter zu ertragen.

»Weißt du schon von Jule und Adrian?«, frage ich.

Anna nickt.

»Super, nicht? Jule hat endlich ihrem verheirateten Lover den Laufpass gegeben!«

Ich muss schlucken. Dass Jule jetzt mit Adrian zusammen ist, versetzt mir einen kleinen Stich.

»Und apropos Laufpass: Ich will mich scheiden lassen«, sagt Anna beiläufig zwischen zwei Schlucken.

»Was?«

Ich habe mich wohl verhört.

»Ich will mich scheiden lassen.«

»Wieso denn das?«

»Es ist höchste Zeit.«

»Und warum so plötzlich?« Ich starre Anna über meinen Drink hinweg entsetzt an. Das darf nicht wahr sein.

»Wenn ich dich erinnern darf, warst du doch diejenige, liebe Sophie Liebe, die permanent gesagt hat, meine Ehe sei am Ende, du würdest die Scheidung umsonst übernehmen ... Also bitte, ich komme morgen früh zu dir in die Kanzlei.«

»Aber du bist seit mehr als sechs Jahren glücklich ...«

»Glücklich? Ausgerechnet du sagst das? Bei zwei Mal Sex in drei Jahren?«

»Ich dachte, es waren drei Mal?«

Anna macht eine verächtliche Handbewegung. Jetzt ist nicht die Zeit für Details.

»Ich musste erst mit einem anderen Mann schlafen, um zu bemerken, wie schlecht meine Ehe wirklich ist, was Leidenschaft, was Liebe ist, was richtig guter Sex ist. Ich war mit Joachim wie tot. Die Ehe ist ein Gefängnis, du hast Recht. Ich wollte das nur nicht einsehen. Auf die Freiheit!«

Anna prostet mir zu.

Ich proste nicht zurück.

Frederik, das Frettchen? Leidenschaft? Irgendwas ist mir entgangen. »Ich werde auf gar keinen Fall deine Scheidung übernehmen.«

»Wieso das denn jetzt?«

»Weil es ein Fehler wäre.«

»Hä?«

»Du liebst Joachim. Frederik ist doch nur eine kleine Affäre. Mein Gott, Anna, bleib bei deinem Mann. Ihr seid seit Jahren zusammen, so was wirft man nicht einfach weg. Die Ehe ist was Besonderes, man lässt sich doch nicht mir nichts dir nichts wegen ein paar kleinen Problemchen scheiden. Reiß dich zusammen, denk an deine Zukunft!«

»Genau das tue ich ja – zum ersten Mal in meinem Leben.«

»Quatsch Anna, die Ehe ist doch kein Selbstbedienungsladen, kein Supermarkt, in dem alle Bedürfnisse erfüllt werden, in dem alles so läuft, wie man es sich vorstellt. Das ist Quatsch, totaler Quatsch. Du müsstest das doch wissen, Anna, so ist das Leben nicht. So ist die Liebe nicht.«

»Was ist denn plötzlich mit dir los?« Anna sieht mich verblüfft an. »Du redest ja wie … ich weiß auch nicht, wie … auf jeden Fall nicht wie Sophie Liebe.«

»Mit mir ist gar nichts los, ich will bloß nicht, dass du dich scheiden lässt.«

»Wenn du's nicht machst, wird's jemand anderes machen. Scheidungsanwälte gibt's schließlich wie Sand am Meer.«

»Anna, bitte überleg dir das gut. In einer Ehe geht man gemeinsam durch dick und dünn. Solange du Joachim noch liebst, und das glaube ich, Anna, solange ist alles in Ordnung. Wirf das doch nicht weg wegen einer kleinen Affäre.«

»Sophie, ich glaube, du bist etwas überreizt und brauchst dringend noch mehr Gin. Ist ja auch kein Wunder, nach allem, was passiert ist.«

Anna nimmt die Ginflasche und gießt mir das Glas randvoll.

Dann hält sie meine Hand mit dem Glas fest.

»Was ist denn das? Den kenn ich ja noch gar nicht.«

Anna deutet auf den Ring an meiner rechten Hand, den Max mir damals an unserem Wochenende geschenkt hat.

»Das? Ach das … nichts. Den hat Max mir zu unserer Verlobung geschenkt, aus einem Kaugummiautomaten in einem Tante-Emma-Laden irgendwo in der Pampa. Als wir den Ausflug gemacht haben.«

Während ich den Ring so anschaue, muss ich an dieses Wochenende am See denken. Plötzlich habe ich einen Kloß im Hals. War schon schön damals.

»Kaugummiautomaten?«

Ich nicke.

»Ja, ich weiß, sieht ziemlich unecht aus das Ding, ist mir aber egal. Ich finde ihn schön. Obwohl ich ihn vielleicht jetzt nicht mehr tragen sollte. Max hat ihn mir geschenkt und jetzt, wo Max und ich … wo wir beide nun doch nicht … Ich glaube, ich schmeiß das Ding einfach in den Müll.«

»Müll?«

»Ja, klar, wohin sonst.«

»Bist du wirklich so blöd?«

»Wie bitte?«

»Das Ding hier …«, Anna nimmt meine Hand mit dem funkelnden Ring, »hat mindestens einskommafünf Karat, lupenrein, so wie der aussieht. Er ist antik, aus den Zwanzigerjahren. Du trägst hier gerade eine kleine Eigentumswohnung am Ringfinger spazieren …«

»Heilige Scheiße.«

Ich starre den Ring an. Er funkelt und blitzt.

Er strahlt und lächelt.

Und er fühlt sich plötzlich ganz heiß an auf meiner Haut.

Das darf ja gar nicht wahr sein.

Anna hat Goldschmiedin gelernt, bevor sie ihren eigenen, kleinen Laden für allerlei wunderschönen Haushaltskrimskrams eröffnet hat.

»Ich schätze, Max hat dich wirklich sehr gern. Verzeihung: Hatte, natürlich.«

Ich sehe Anna an.

»Ich bin wirklich die blödeste, dümmste, verbohrteste, wahnsinnigste, idiotischste Person, die ich kenne.«

Und dann springe ich auf und renne einfach aus der Tür.

Eine verblüffte, scheidungswütige Anna in Strapsen zurücklassend.

MEIN GOTT, WAS BIN ICH FÜR EINE BLÖDE KUH!

Cäsar
./.
Kleopatra

Max' Maschine geht um zwanzig nach zehn. Gut, dann habe ich gerade noch genug Zeit, mir die richtigen Worte zu überlegen, die fünfundvierzig Minuten zum Flughafen rauszufahren und das richtige Abfluggate zu finden.

Ich renne runter auf die Strasse und halte unter Lebensgefahr das nächste Taxi an.

Von dem Privatdetektiv, den ich engagiert habe, um Max wegen des Geldes ausfindig zu machen, weiß ich, dass Max einen neuen Auftrag angenommen hat und heute Abend nach Bali fliegen wird. Und wer weiß, wann und ob er wiederkommt.

Im Taxi rufe ich Joachim, Annas Mann, mit verstellter Stimme auf dem Handy an. Im Hintergrund pfeifen Züge, und auf Gleis drei fährt gleich der Interregio Saarbrücken-Mannheim ein.

Ich behaupte, ich sei eine Nachbarin von ihm und würde aus seiner Wohnung Rauchfahnen aufsteigen sehen.

Joachim ist sofort losgerast.

Als ich auflege, weiß ich nicht, ob ich Anna und Joachim damit wirklich etwas Gutes getan habe, aber wenn Anna sich wirklich scheiden lassen will, ist es sowieso egal. Und wenn nicht, na dann … Dann hoffe ich, dass das passiert, von dem ich hoffe, dass es passiert.

Eine halbe Stunde später spuckt mich das Taxi am Flughafen wieder aus. Ich habe dem Fahrer ein enormes Trinkgeld gegeben und ihm versprochen, dass ich alle seine Unfallprozesse der nächsten zehn Jahre übernehmen werde, wenn er mich in Lichtgeschwindigkeit hierher bringt.

Wo ist bloß der Abflugschalter nach Bali?

Ich renne wie eine Furie quer durch den Flughafen. Endlich in C finde ich den Schalter.

Und Max.

Zu spät.

Max checkt gerade ein.

Ganz hinten verschwindet er Richtung Gate siebzehn Denpasar/Bali.

Mist. Ich stürze hinterher. Zumindest versuche ich es.

Ein Steward? Ein Security-Mann (jedenfalls trägt der Typ eine Fantasieuniform der Fluggesellschaft und dazu ein Bärtchen wie Clark Gable) hält mich am Arm fest.

»Ihre Bordkarte bitte.«

»Bordkarte? Ich habe keine Bordkarte, aber da hinten steigt meine große Liebe gerade in den Flieger ans andere Ende der Welt, und wer weiß, wann er wiederkommt, und ich muss ihm dringend noch was sagen, und ...«

Ich setze mein entzückendstes Lächeln auf. Dieses schmelzende, mit dem ich sogar schon einen Richter vom OLG (Spitzname: Terminator) in die Knie beziehungsweise auf meine Seite gezwungen habe. Dieses Lächeln, dem kein Mann widerstehen kann. Dieses Lächeln, das ...

»Bordkarte.«

»Bitte, es geht um Leben und Tod.«

Lächeln.

»Bordkarte.«

»Da hinten geht die Liebe meines Lebens, Sie können doch kein Herz aus Stein haben, Sie haben doch sicher auch mal geliebt!«

Wenn ich ehrlich bin, sieht der Typ nicht so aus, als ob er jemals jemand anderen als sich selbst geliebt hätte. Er schüttelt jetzt ganz leicht den Kopf. Also gut.

»Aber Sie haben doch wenigstens Liebesfilme gesehen, ich meine Harry und Sally, Romeo und Julia, genau um das geht es hier! Er ist meine große Liebe, bitte.«

Lächeln.

Der Steward mustert mich prüfend. Sehe ich da einen Felsen wanken?

Lächeln. Meine Mundwinkel tun langsam weh.

Ich gehe, immer noch lächelnd, in die Knie und flehe ihn an.

»Bitte, lassen Sie mich zu ihm, bitte. Ich will ja auch gar nicht fliegen. Und schon gar nicht nach Bali. Ich fliege nie länger als zwei Stunden. Kann ich gar nicht aushalten. Ich will nur mit dem Mann reden. Fünf Minuten und – zack – dann steige ich wieder aus. Haben Sie ein Herz!«

»Ihre Bordkarte bitte.«

»Hier.«

Triumphierend halte ich die Bordkarte hoch. Ich habe mir gerade ein Ticket nach Denpasar/Bali gekauft. First Class (Loge mit Liegesessel, zweihundert Kinofilme zur Auswahl, Fünf-Gänge-Menü, einen Callboy im Calvin-Klein-Slip, der mir Champagner serviert, so viel ich will).

Für nur fünftausendachthundert Euro.

Damit ich fünf Minuten mit Max sprechen kann, bevor die Maschine startet.

Dieser blöde Typ am Gate hatte kein Erbarmen, was hätte ich tun können? Es war der einzige Platz, der in der Maschine noch frei war. Und ich hatte noch Glück, da anscheinend jemand in letzter Sekunde umgebucht hat. Ich kann Max nicht, wer weiß wie lange, in der Weltgeschichte rumfliegen lassen, ohne noch einmal mit ihm geredet zu haben.

Ach, die Liebe ist eine Himmelsmacht.

»Sie sind aber spät«, empfängt mich eine Stewardess, als ich immer noch ticketwedelnd in den Riesenflieger stürme. »Wir starten in fünfzehn Minuten.«

»Schon gut, schon gut, bis dahin bin ich wieder draußen.« Die Stewardess starrt mir misstrauisch hinterher. Und dann quatscht sie irgendwas in ihr Funkgerät.

Ich quetsche mich mit meinem Fünftausend-Euro-Ticket durch das Paradies der First- über den Luxus der Business- in die Hölle der Touristenklasse.

Max habe ich noch nicht entdecken können. Das gibt es doch gar nicht, normalerweise fliegt er Business, schließlich reist er nicht zum Vergnügen um die halbe Welt, weshalb er beim Reisen natürlich mehr Vergnügen hat als die meisten, die nur zum Vergnügen reisen.

Drei Sitze rechts, vier in der Mitte und drei Sitze links. Für jeden ungefähr zwanzig Quadratzentimeter. Hühner in Legebatterien haben mehr Platz. Grauenvoll. Ich weiß, warum ich nie fliege, wenn es sich irgendwie vermeiden lässt.

»Entschuldigen Sie ... entschuldigen Sie bitte, ich muss dringend hier durch.«

Oh. Vor mir steht ein Mann mit vierhundert Kilo Lebendgewicht und ungefähr zwanzig Teilen Handgepäck. An dem ist kein Vorbeikommen. Also muss ich über die Sitze. Die einen Passagiere johlen (unter anderem ein ganzer Fußballverein in Trikots von Bayern München), die anderen protestieren, als ich quer rübersteige, um im anderen Gang weiterzukommen.

Ganz hinten finde ich ihn endlich. Er sitzt bereits angeschnallt am Fensterplatz und ist in eine Zeitung vertieft. Neben ihm sitzt ein später Althippie, der bunte Bänder im Haar trägt und mich misstrauisch beäugt. Es duftet stark nach Patchouli, Gras und ungewaschenen Socken.

»Max!«

»Sophie?«

»Wieso sitzt du nicht in der Businessklasse?

»Was machst du hier?«

»Dein Ring …«

»Kannst du behalten.«

»Will ich aber nicht. Nicht so.«

»Behalt ihn. Kauf dir einen goldenen Vibrator davon.«

»Kommt nicht in Frage. Max, ich muss mit dir reden.«

»Hier? Jetzt?«

»Egal wo, wir können auch rausgehen.«

»Der Flieger startet gleich …«

»Max, bitte … ich …«

»Ich will aber nicht mit dir reden«, sagt Max und taucht hinter seiner Zeitung ab.

»Max, bitte …«, ich wende mich an den Hippie. »Würden Sie vielleicht mit mir den Sitzplatz tauschen? Ich muss dringend mit diesem Mann sprechen …«

Der Hippie sieht mich empört an.

»Kommt überhaupt nicht in Frage, ich habe Monate im Voraus reserviert. Hier hinten sind die besten Plätze, hier kriegt man als Erster die Drinks, und laut meinem Feng-Shui-Berater darf ich nirgendwo anders sitzen, und …«

Ich halte ihm mein First-Class-Ticket unter die Nase.

»Dort, wo du damit sitzen darfst, Süßer, wird die Stewardess dir sogar …« (der Rest meiner Verheißung ist nicht jugendfrei).

Ohne ein weiteres Wort schnappt sich der Typ mein Ticket und verschwindet in Richtung First Class.

Ich quetsche mich neben Max. Wie gesagt, zwanzig Quadratzentimeter.

»Sophie, wir starten gleich …«

»Max, bitte, ich muss dir was sagen. Ich kann es nicht ertragen, dass du nach Bali fliegst, ohne dass wir beiden miteinander geredet haben.«

»Bitte begeben Sie sich auf ihre Sitzplätze, klappen die Sitzlehnen hoch, schnallen sich an und …«, kommt es nasal aus den oberen Lautsprechern.

»Zwischen uns ist alles gesagt.«

»Würden Sie mir bitte ihre Bordkarte zeigen?«

Die freundliche Stewardess von vorhin beugt sich plötzlich über mich.

Meine Bordkarte?

Wieso?

Was?

Warum wollen immer alle meine Bordkarte sehen?

Ist das eine neue Krankheit? Oder ein spezieller Sehtest?

»Oh, meine Bordkarte brauchen Sie, die habe ich gerade mit dem Herrn, der hier saß, getauscht …«, ich wühle in den Taschen des Trenchcoats, »… leider hat er vergessen, mir seine Bordkarte im Tausch zu geben.«

»Darf ich Sie dann bitten, dieses Flugzeug zu verlassen?«

»Nein, dürfen Sie nicht.«

Wenn sie mich schon so fragt. Ich bin schließlich Anwältin, ich kenne meine Rechte.

»Ich muss Sie leider auffordern, sofort …«

»Ich bleibe hier, ich habe gerade fünftaustendachthundert Euro bezahlt, um mit diesem Mann hier reden zu dürfen. Keine zehn Pferde bringen mich hier …«

Die Stewardess nimmt Blickkontakt zu den anderen Uniformierten auf.

Jemand packt mich von hinten und zerrt mich vom Sitz. Keine schlechte Leistung bei meinen achtundfünfzig Kilo. Und den paar mehr, die ein Geheimnis zwischen mir und meiner Waage sind.

»Tut uns sehr Leid, dass wir sie so transportieren müssen, aber der Kapitän will starten.«

Ich trete um mich, aber der Steward ist nicht nur schwul, sondern anscheinend auch Bodybuilder, also habe ich überhaupt keine Chance.

»Max, ich liebe dich!«, schreie ich schließlich in meiner Verzweiflung quer über die Köpfe der gesamten Touristenklasse, bevor der Steward es schafft, mich aus dem Flugzeug zu werfen.

Die Jungs von Bayern München fangen alle gleichzeitig an zu grölen. Ich höre sowas wie »Liebe Liebe und ach und diese Triebe. Höhöhö.«

Max reißt sich endlich von seiner Zeitung los.

Er schaut mir direkt in die Augen.

»Lassen Sie sofort die Frau los.«

Boing.

Max besitzt offenbar so etwas wie eine natürliche Autorität.

Der Steward hat mich einfach auf den Boden fallen lassen.

Interessante Perspektive. Das Leben von unten.

Das ganze Flugzeug applaudiert. Eine bessere Bauchlandung kriegt auch der Captain nicht hin.

Nach einigem Hin und Her durfte ich am Ende doch neben Max Platz nehmen.

Die Stewardess verschwindet zum Glück in Richtung Cockpit.

Max sieht mich an.

»Hast du das wirklich ernst gemeint, was du vorhin durch den ganzen Flieger gebrüllt hast?«

»Max, ja, ich … Ich liebe dich. Das war alles ein Fehler, ein riesengroßer Fehler. Aber ich musste ihn machen, um zu merken, was ich wirklich will. Ja, du hattest Recht, ich hatte einfach nur eine Scheißangst, jemanden wirklich zu lieben. Plötzlich macht es peng, und du stehst wieder allein da. Deshalb dachte ich, es ist besser, von vorneherein allein dazustehen. Aber jetzt habe ich keine Angst mehr. Max, ich will dich. Mit oder ohne Trauschein. Ich will mit dir leben. Ich will mit dir alt werden. Ich will … ach, ich will einfach dich.«

Max sieht mich lange an.

Dann schüttelt er den Kopf.

»Sophie, tut mir Leid. Es ist zu spät.«

Ich schnalle mich ab. So leicht gebe ich nicht auf. Hier geht es um alles. Um das Glück meines Lebens. Und wie sollte ich Max meine Liebe gestehen, wenn ich ihm nicht mal in die Augen schauen kann, ohne mir einen schweren Bandscheibenschaden zuzuziehen.

Zum Glück ist die Stewardess außer Sichtweite.

Ich gehe im Gang vor Max in die Knie.

»Maximilian Berger. Willst du mich, Sophie Waldburga Liebe, heiraten? Willst du mein Mann werden?«

Es gibt einen kleinen Ruck.

Das Flugzeug hebt ab.

Leider herrscht draußen ungefähr Windstärke zehn.

Ich lande kopfüber hinten in der Kombüse, noch bevor Max überhaupt antworten kann.

Thelma
./.
Louise

Wollt ihr euch lieben und ehren, treu zueinander stehen in guten wie in schlechten Tagen, in Krankheit und Gesundheit, in Armut und in Reichtum, in …«

Ich seufze auf. Das ist so romantisch.

Verstohlen wische ich mir eine Träne aus den Augen und tue so, als hätte ich einen Schnupfen.

Jule und Adrian heiraten.

Richtig pompös. In der Asamkirche. Überall üppigster Barock.

Ich bin Brautjungfer.

Anna auch. Sie steht neben mir und hält glücklich Joachims Hand. Anna ist wieder mit Joachim zusammen. Er hat sie damals nach meinem Anruf tatsächlich mit Frederik, dem Frettchen, im Bett erwischt. Und Frederik sofort am Kragen gepackt und hochkant rausgeworfen. Und nach dem darauf folgenden unvermeidlichen Riesenkrach zwischen ihm und Anna hatten die beiden den besten Sex ihres Lebens. Und seitdem tun sie es täglich – mehrmals. Haben ja auch einiges nachzuholen, die beiden. Anna hat jetzt dauernd dieses dämliche Ich-hatte-Sex-Grinsen im Gesicht. Und einen kleinen Bauch (vierter Monat). Wenn ich sehe, wie sie Joachim anhimmelt, schätze ich, das wird nicht das letzte Kind der beiden sein. Seitensprünge helfen eben manchen Beziehungen erst richtig auf die Sprünge.

Max neben mir drückt meine Hand.

Meine Mutter sitzt auf der gegenüberliegenden Bank.

Sie ist übrigens auch Brautjungfer.

Sie hat in der Kur Hans-Jürgen kennen gelernt – glatte fünfzehn Jahre jünger als sie, doppelter Bypass. Er hat ihr am dritten Tag einen Antrag gemacht, und sie hat ohne Zögern Ja gesagt. Ziemliches Tempo die beiden, muss schon sagen.

Das Leben könnte schon sehr schön sein. Ich muss nur noch eine klitzekleine Kleinigkeit mit Max klären …

Auf dem Flug nach Bali haben sie *Harry und Sally* im Bordkino gezeigt. Das war das erste Mal, dass ich dabei überhaupt nicht heulen musste. Das lag aber vielleicht auch daran, dass ich von dem Film nicht viel mitbekommen habe. Obwohl ich ihn ohnehin fast völlig auswendig kenne. Normalerweise heule ich schon bei der zweiten Szene los. Es genügt, wenn Sally sagt: »Aber ich hätte den Apfelkuchen gerne warm und ich will das Eis nicht obendrauf, ich will es daneben und ich hätte lieber Erdbeer statt Vanille, wenn Sie das haben, und wenn Sie das nicht haben, überhaupt keine Eiscreme, sondern nur Schlagsahne, aber nur, wenn es echte ist, wenn sie aus der Dose kommt, dann gar nichts.«

So ein Satz kann kann bei mir alle Schleusen öffnen. Aber plötzlich ist alles anders. Ich bin völlig trocken. Ist doch nur ein Film. Ein schöner, romantischer. Und ich finde ihn immer noch toll, aber: Die Realität kann doch viel schöner sein als jeder Film.

Irgendetwas sagt mir, dass die wahre Liebe eigentlich erst nach dem Happy-End beginnt. In dieser Hinsicht haben Max und ich ja dann noch einiges vor uns.

Wir haben die ganze Zeit wie wild geknutscht.

Und ehrlich gesagt, nicht nur das.

Der Pilot hat kurz vor Singapore gedroht, uns rauszuschmeißen – ohne Fallschirm – wenn wir uns nicht anständig benähmen. Das ganze Flugzeug war in Aufruhr. Der Fußballverein hat schon Wetten abgeschlossen, über welchem Land wer von uns beiden einen Orgasmus haben wird.

Ach, was soll's.

Max hat schließlich den Althippie (»Ich gehe auf keinen Fall zurück in die Touristenklasse, hier ist das Feng Shui viel besser!«) und seine Sitznachbarin in der First Class schwer bestochen, damit sie mit uns die Plätze tauschen, und wir wenigstens etwas Intimität hatten. Ich hab's nicht wirklich nachgerechnet, aber wenn wir zusammenzählen, was das alles gekostet hat, hätten wir statt nach Bali auch auf den Mond fliegen können.

Aber wer will schon zum Mond, wenn man verliebt ist?

Da ist es doch viel schöner, ihn von unten zu betrachten.

Das haben wir dann auch ausgiebig getan.

In einem wunderschönen kleinen Hotel direkt am Meer.

Max hat seinen Fotoauftrag einfach abgesagt.

Und dafür alle Filme mit mir und uns mit Selbstauslöser vollgeknipst.

Ich schätze, ich werde auf allen Fotos dieses etwas dämliche Grinsen draufhaben, das nur eines bedeuten kann: Sex. Sex. Sex.

Und ich schätze, das sind die ersten Fotos, auf denen ich mir wirklich selbst gefalle.

Wir haben auf Bali geheiratet.

Sonnenuntergang, weißer Strand, Gamelanorchester, Champagner und nur Max und ich. Es war wundervoll. Großartig. Fantastisch. Und wahnsinnig romantisch. Besser als in jedem Film. Zwischendurch hatten wir uns kurz eine Trauung unter Wasser in Tauchanzügen überlegt, was aber daran gescheitert ist, dass ich nächtelang davon geträumt habe, eines von diesen Biestern käme angeschwommen, um mir die Hand abzubeißen, kurz nachdem mir Max den Trauring übergestreift hat.

Tja. Jetzt bin ich eine verheiratete Frau. Oder sagen wir mal: fast. Es gibt da etwas, das mir auf der Seele liegt, eine winzigkleine Kleinigkeit, die ich mit Max noch klären muss.

Seit ich es heute Morgen erfahren habe.

Ich zupfe Max am Arm und beuge mich zu ihm rüber.

Ich muss es ihm einfach sagen.

Augen zu und durch.

»Max, übrigens, ich muss dir was sagen.«

Max beugt sich zu mir rüber.

»Ja?«

»Versprichst du mir, dass du nicht sauer wirst?«

»Nein.«

»Was heißt nein? Heißt das nun, nein, du wirst nicht sauer oder nein, du versprichst es nicht oder nein, du …«

»Sophie, was ist los?«

»Also gut. Unsere Ehe … unsere Heirat in Bali … Also ich schwöre, ich habe das damals nicht gewusst, aber ich muss dir leider sagen, dass sie hier in Deutschland nicht so richtig rechtsgültig … ähm … Wir sind eigentlich gar nicht verheiratet, so rein rechtlich, gerichtlich, juristisch, meine ich.«

Ich blicke Max unsicher an.

»Ich schwör's, ich hatte keine Ahnung. Und emotional, weißt du, fühle ich mich auf jeden Fall mit dir verheiratet, und …«

Max verzieht keine Miene.

Oweh. Oje. Wenn er mich jetzt noch mal verlässt, war's das, glaube ich, endgültig.

»Bitte, glaub mir, ich hab's erst gestern erfahren. Als ich beim Standesamt unsere Ehe eintragen wollte, haben die mir gesagt, da müsste ich dich aber noch mal heiraten, was ich ja sofort tun würde …«

Jule und Adrian geben sich gerade das Ja-Wort.

Max bricht plötzlich in schallendes Gelächter aus.

Ein paar Hochzeitsgäste starren uns entgeistert und empört an.

»Sophie, das weiß ich doch längst. Hätte ich dich sonst geheiratet?«, grinst Max mich an und küsst mich so, mitten in der Kirche, dass ich fast ohnmächtig werde.

Ja. Ja. Ja. Ja.

Ach, ich liebe ihn.

Mit und ohne Trauschein.

Ja.

THE BEGINNING